EINHEIT UNNORMAL

Mark Scheppert
und El Rubio

Bibliografische Information der Deutschen Nationalbibliothek:
Die Deutsche Nationalbibliothek verzeichnet diese Publikation in der Deutschen Nationalbibliografie; detaillierte bibliografische Daten sind im Internet über http://dnb.dnb.de abrufbar.

Copyright © 2020 Mark Scheppert

Umschlaggestaltung: K. v. Günner
Satz: D. Werk
Herstellung und Verlag: BoD - Books on Demand, Norderstedt

ISBN: 978-3-7519-6701-3

Inhalt

Der Autor
Mark Scheppert wurde 1971 geboren und lebt seither in Berlin-Friedrichshain.
Er war Gärtner, Möbelträger, Student, Sachbearbeiter, Küchenhilfe, Erntehelfer, Forsthelfer, Fahrrad-Codierer, Vertreter, Postmitarbeiter, Anzeigenverkäufer und Marketingmanager. Doch all das fand er kein bisschen spannend.

Deshalb begann er irgendwann, nebenher ein paar Zeilen zu schreiben und wurde 2009 Mitglied der Lesebühne „Die Unerhörten".

Mit seinem Buch „Mauergewinner", welches monatelang die BoD-Bestsellerliste anführte, gelang ihm sofort ein beachtlicher Erfolg. Auch sein Fußballroman „90 Minuten Südamerika" erhielt gute Kritiken.
In „Einheit Unnormal" hält er 11 Geschichten seines Freundes El Rubio über den 1. FC Union Berlin und seine verrückten Fans in Buchform fest.
www.markscheppert.de

Erhältliche Titel: „Mauergewinner"; „Alles ganz simpel"; „Koalaland"; „Leninplatz": „90 Minuten Südamerika" und „Einheit Unnormal".

*„Komm wir reichen uns die Hand und wir werden
schon sehen,
dass die zeitlosen Momente wirklich niemals vergehen.
Es ist der eine Augenblick, dieses vertraute Gefühl,
dass unsere Träume irgendwann in Erfüllung gehen."*

— *Feine Sahne Fischfilet* —

Einheit Unnormal

Eisern Union! Es ist unsere zweite gemeinsame Auswärtsfahrt in die Hansestadt Hamburg und das ist ihr
Schlachtruf. Beim ersten Mal fuhren wir mit der Truppe
zum FC St. Pauli und diesmal zu deren Antithese – zum
Hamburger SV. Heute, am 26. November 2018, spielt
Union gegen den momentanen Tabellenführer und
könnte immerhin Dritter nach diesem Montagsspiel
werden. Haue hatte vor der Saison sogar T-Shirts mit
dem Aufdruck „Aufstieg jetzt" verteilt. Nun ja ...

Ich sitze bei Billy im Auto und könnte ihm stunden-
lang zuhören. Schließlich hat er alle Höhen und Tiefen
(davon gab es mehr) des Clubs seit 40 Jahren miterlebt
und weiß darüber aberwitzige Anekdoten zu erzählen.
Doch leider werde ich diese Erinnerungen nicht nach-
erzählen können, weil ich eben nicht dabei gewesen bin
und somit die Gefühle und Emotionen nicht selbst emp-
funden habe. Aber vielleicht bringt ja die Zukunft noch
etwas!

Die Fahrt vergeht wie im Flug und ich trinke aus purer
Rücksicht auf den Fahrer nur drei Dosen Bier. Billy wird
der „Rührer" genannt, weil er sich immer um alles und
jeden kümmert. Es bedeutet also „Kümmerer", obwohl
er in meinen Augen gleichzeitig Anführer der Jungs ist.

Auch heute ist er besorgt um unser Wohlbefinden, denn
im Kofferraum steht ein 20er Kasten Berliner Pilsner,

verziert mit zwei großen Becherovka-Pullen.

Etwa zwei Kilometer vor unserem Ziel entdeckt er Zille im Rückspiegel. Haue, der bei ihm mitfährt, schreibt in den Chat: „Was unterscheidet Siegfried und Roy von Zille und Billy?" „Der Gesichtsausdruck, wenn einer dem anderen hinten reinfährt."

Als wir die beiden und Marx, auf einem Parkplatz rund 500 Meter vom Hotel entfernt, treffen, hat der Rührer schon zwei Bier und ein Viertel der Becherovka-Flasche intus. „Ich muss ja aufholen und ein bisschen frisch ist es auch", erklärt er. Wir laufen gemeinsam zum Hotel, das in unmittelbarer Nähe zum Volksparkstadion am S-Bahnhof Stellingen liegt.

Dort trudeln dann auch die noch fehlenden Chaoten ein. Ich werde Keule zugeteilt, doch die Partyhöhle mit lauter Musik ist das Doppelzimmer von Billy und Zille.

Als Andi, der in Hamburg wohnt, als letzter eintrifft, sind alle schon ziemlich abgeräumt, auch weil ständig jemand zum Bahnhofs-Kiosk geht und neues Bier und Stoni weitere Kräuter-Schnäpse anschleppt. „Vom Dosenfand können wir morgen alle fürstlich frühstücken", ruft Marx, der irgendwann zum Aufbruch mahnt, da es wohl doch noch ein paar Meter bis zum Stadion seien.

Nachdem wir einen langen, düsteren Tunnel passiert haben, auf dessen anderer Seite man eigentlich martialische Hooligans erwartet, entpuppen sich die paar Meter als ein ausgedehnter Spaziergang durch den

Altonaer Volkspark im Dämmerlicht. Wir sind umgeben von etlichen Union- und mehrheitlich HSV-Fans, doch die Stimmung ist friedlich. Allerdings habe ich das Gefühl, dass unsere Truppe die mit den meisten Oktan im Kanister ist. Mit dem vollsteifen Becherovka-King Billy, der fast eine Pulle alleine gesoffen hatte, an der Spitze.

Ich kann sein Geseiere kaum noch verstehen: „Endlich bin ich mal im Volksparkstadion", schilpt er wie eine Schnapsdrossel, als wir das beleuchtete – und tatsächlich beeindruckende – Bauwerk erstmals erblicken. „Noch biste nicht drin!", ruft Haue ihm zu und dann: „Einheit Unnormal. Alle nochmal pissen!"

Als wir fertig sind, kippt der Rührer nach vorne um und fällt ungeschützt aufs Gesicht. Ausnahmsweise verletzt er sich dabei nicht, sieht aber nun aus, als habe er mit der Fresse im Matsch gelegen. Außerdem kann er sich plötzlich nicht mehr bewegen.

Der Tschechische Schnaps scheint jetzt auch in den Nervenzellen der Oberschenkel angekommen zu sein. Er ist rund wie ein Ikarus-Buslenker.

Zwei der Jungs schleifen ihn eingehakt zum nächstgelegenen Eingangstor. Stoni versucht die Ordner wortreich davon zu überzeugen, Billy und ihn hineinzulassen. „Bis gleich", ruft er uns hinterher. Ich weiß, dass er unseren Kumpel nicht einfach zurücklassen wird.

Wir anderen torkeln weiter zum richtigen Eingang für die Gästefans. „Der Rührer ist bisher überall reingekommen und sei es mit einem doppelten Looping über den Zaun", sagt Zille, wobei das heute keine Option mehr ist.

Ohne viel Gedöns passieren wir die Schleusen und erreichen knapp vor Spielbeginn unseren Block 14 B. Dort haben wir ein Problem, denn in unserer Reihe 3 und den beiden davor haben die Ultras Stellung bezogen.

‚Kein Ding', denke ich, da ab Reihe 5 noch fast alles frei ist, doch Keule schaltet sofort in den Stressmodus und pöbelt die Jungs an. Als der Einlauf der Teams wegen der großen Fahnen nicht zu sehen und das „Hamburg meine Perle" durch die Megafon-Ansagen des Vorsängers nicht zu hören ist, flippt er komplett aus.

„Mach sofort die Flüstertüte aus, oder ich hau dir aufs Maul", brüllt er den Typen, der ein bisschen wie Kurt Krömer aussieht, an.

Sagen wir es mal so: Auch wenn Rambo heute nicht mit dabei ist, sind wir fast alle größer und kräftiger als die Jungs und natürlich wesentlich erfahrener (älter).

Das Problem: Die Ultras sind viele, sehr viele, und wir nur noch zu sechst.

Keule kriegt sich gar nicht mehr ein und schnauzt die Typen weiter an. Kurz bevor die Fäuste fliegen (sie haben einen stabilen Rothaarigen geschickt), ziehen wir unseren Mann auf Reihe 7 zurück, wo er sich ein wenig beruhigt. Auch zwei Typen mit rot-weißer Pickelhaube folgen uns mit nach oben.

Fast alle der „Einheit Unnormal" sind keine Freunde der verordneten Beschallung, aber die meisten sind durchaus in der Lage zu reflektieren, dass sie selbst einmal 18 oder 20 waren und einen Scheiß darauf gegeben haben, was die „Alten" sagen.

12

In Berlin sind die Jungen auf der Waldseite unter sich. Hier nervt das vorgebrüllte „Schalalalaaa" und „Oh Köpenick, du bist wunderschön!" der Vorbeter ein wenig, zumal es fast nie den aktuellen Spielverlauf wiedergibt.

Und noch etwas fällt auf: Keule mit seinem grünen Parker, den Camel-Boots und dem rot-weißen Fischerhut steht im krassen Gegensatz zu den barthaarlosen North-Face-Teenagern mit ihren Marken-Turnschuhen. Auch diesen Unterschied gab es früher schon, als wir selbst jung waren.

Marx ruft: „Ich hol mal ein paar neue Kaltschalen." Nach dem 0 : 1 durch Mees in der 12. Minute war die erste Runde als Bierdusche geendet. Er taucht nie wieder auf. Dann muss Zille ein wenig Becherova in der Schüssel entsorgen. Auch er kehrt nicht zurück. Wir sind also nur noch vier Leute: Keule, auf Dauer-Agro-Modus, und seine Beschützer Haue (mit nur einem echten Arm) sowie die Nahkämpfer Andi und El Rubio. „Und die Ultras sind gerannt", sage ich zu meinem Freund. „Und wir immer vor ihnen her", ergänze ich. Er grinst. Gleich ist Halbzeit, es steht noch immer 0 : 1 für Union. Eigentlich ist doch alles schön vor knapp 46.000 Zuschauern.

In den überfüllten Klos verliere ich den Rest der Truppe und treffe später nur Keule und einen der Pickelhauben-Männer am Bierstand wieder. Wir geben ihm zwei Becher zum Tragen mit und kämpfen uns dann mit unseren selbst durch die Massen. Doch als wir uns bis zur Reihe 7 durchgequetscht haben, bemerken wir, dass wir im völlig falschen Block gelandet sind. Unsere Jungs sind jedenfalls nicht hier - dafür die nächste Ultratruppe mit einem Capo, der noch penetranter ist.

Ich weiß, dass wir jetzt nicht mehr zurückkönnen, und sage zu Keule, dessen Kopf gleich explodiert: „Entweder du singst jetzt mit, oder du hältst die Schnauze und säufst Bier!" Keule ist eigentlich ein Typ, der spontan sagen kann: „Hau ab du Fotze!", und hinter seinem Rücken schon zwei kühle Bier versteckt, die er gleich mit dir auf die Freundschaft trinken will.

Er trinkt, entspannt sich und feuert den 1. FC Union Berlin, der in der 58. Minute den Ausgleich fängt und ab der 65. Minute einem 2 : 1 hinterherrennt, lieber an. Und das so euphorisch, dass etliche der knapp 6.000 Gästefans in seine Gesänge, die monoton aus „Eisern Union!" bestehen, lautstark einstimmen.

Es hilft. In der 90. Minute schießt Suleiman Abdullahi den verdienten Ausgleich zum 2 : 2. Ein Ergebnis, welches wir vorher, auswärts beim HSV, alle unterschrieben hätten. Weiter ungeschlagen. Der FCU kann einfach nicht mehr verlieren. Wie geil ist das denn? Aufstieg jetzt!

„Ich muss noch mal für kleine Keules", ruft jemand, der schon acht Stufen über mir ist. „Wir sehen uns am Ausgang!" Duck und weg. Plötzlich bin ich ganz allein und es vergeht eine Ewigkeit, bis ich alle Jungs wiedersehe. Folgendes war geschehen:

Marx:

„... nachdem ich die Bier geholt hatte, habe ich euch nicht mehr gefunden und mir das Spiel mit Durst im Gang angeschaut. Deshalb war ich auch ziemlich schnell draußen. Auf dem Waldweg wunderte ich mich noch, warum so viele langhaarige Typen in Lederjacken rumlaufen, bis mir einer erzählte, dass die Band Slayer heute ihr Abschiedskonzert in der Barclaycard-Arena nebenan gegeben hat.

Hinter dem Tunnel wartete eine Hundertschaft Ordnungshüter auf die Fußballfans, aber die Slayer-Jünger wussten das nicht und sind aggressiv auf die Bullen losgegangen. Chaos und Stau im Tunnel.

Und ich als friedlicher Mensch mittendrin. Am Hotel war ich trotzdem der erste. El Rubio und Andi kamen 15 Minuten später ...“

Ich:

„ ... am Ausgang habe ich meinen alten Freund Jörn getroffen. Er so: El Rubio, bist du ganz allein hier? Ich so: Ähm nö, eigentlich waren wir mal zu acht. Nach ewiger Warterei habe ich wenigstens Andi gefunden und wir sind zusammen zum Hotel gelaufen. Dort war bisher nur Marx ...“

Andi:

„... in der zweiten Halbzeit kam plötzlich einer der Pickelhauben-Typen an und hat uns zwei Bier von El Rubio und Keule gebracht. Die beiden sind aber nicht wieder aufgetaucht. Nach Spielschluss habe ich Haue verloren und war dann auch allein.

Vor dem Klo stand dieser rothaarige Ultra und fragte mich, wo unser Kumpel ist, weil er dem noch aufs Maul hauen will.

Draußen vor den Toren war nur El Rubio und wir sind los. Hinter dem Tunnel an der S-Bahn standen ganz schön viele gestresste Bullen herum, aber das Gröbste war wohl schon vorbei. Haue kam dann 10 Minuten nach uns ..."

Haue:

„... ich also raus und als keiner von euch kam, habe ich mir zwei Fuß-Pils gekauft und bin los. Plötzlich stand ich vor einem Streichelzoo.

War irgendwie rührend, wie die Ziegen meine Plastikhand abgeschleckt haben, weil ich Bier draufgekippt hatte. Dann kam ein Trupp schwarzgekleideter Metallisten, die zunächst eine Ziege schlachten wollten, mich dann aber auf den richtigen Weg geführt haben. Kurz hinter mir kam Keule am Hotel an ..."

Keule:

„... als ich vom Klo kam, dachte ich, ich hätte Andi noch gesehen. Jedenfalls quatscht mich dieser Matthias-Sammer-Verschnitt von den Ultras plötzlich blöd von der Seite an. Ich hatte auch noch Redebedarf und so haben wir die Probleme vor seinem Bus ausdiskutiert.

Alles gut Jungs: schlussendlich haben wir uns mit seiner Cola-Goldi-Mische die Birne weggeschossen und sind jetzt best friends. 20 Minuten nach mir kam Zille ..."

Zille:

„… Becherovka macht einen doch blöd! Ich bin einfach losgelaufen und war plötzlich mutterseelenallein in einem finsteren Wald. Hinter einem Hügel war dann eine Lichtung und dort standen vier Leute vor zwei dicken BMWs.

Erst wollte ich zu denen runter und fragen, wo ich bin, aber irgendwie sah das wie 'ne Übergabe von Koks aus. Also bin ich lieber rückwärts durchs Unterholz gerobbt, über einen hohen Zaun gesprungen, einen Berg heruntergekullert und dann an einer sechsspurigen Autobahn rausgekommen.

Ich wollte sie erst überqueren, habe mich aber besonnen und mir auf dem Handy den Standort von Marx angeschaut. Fast eine Stunde nach mir kamen Stoni und der Rührer mit einem Taxi am Hotel vorgefahren …"

Stoni:

„… erst beim dritten Versuch bin ich mit dem Wachkoma-Patienten Billy ins Stadion gekommen. Dort habe ich ihn an einen Pfeiler gelehnt, an dem er sich festhalten sollte. Das hat aber nur bis zur Pause geklappt, denn plötzlich war er weg und kam mit fünf Bieren angetorkelt, wovon er vier getrunken hat.

Nach dem Spiel waren wir wahrscheinlich die letzten im Stadion, bis zwei Ordner den Bewegungskasper geschnappt und vor die Tore geschmissen haben.

An einem Zaun wollte ich ihn aufrichten, aber er flutschte – wie im Trickfilm – immer wieder hinunter. Irgendwann lag er wie ein Maikäfer auf dem Rücken und grölte: ‚Wir sind Unioner, wir sind die Kranken!'

Es waren jetzt nur noch langhaarige HSV-Fans in schwarzer Lederkluft unterwegs – und die fanden den Rührer lustig. Letztlich musste ich sie bitten, mir zu helfen. Zu viert zogen wir das dicke Ding, an den Beinen gepackt, zum nächsten Taxistand.

Für 10 Euro Trinkgeld ließ sich einer erbarmen, den völlig verdreckten Kerl mitzunehmen. Das Taxi ist dann, warum auch immer, vier Kilometer bis zum Hotel gefahren. Dort waren wir die letzten ..."

Billy:
    „... Uuund niiemals vagässen, Aisan Unjon ..."

Das ist sie also, die „Einheit Unnormal". Nur Rambo war wegen einer Grippe heute nicht mit am Start. Doch der schweigsame Typ hätte bei seiner Rückkehr vom Spiel sowieso entweder gar nichts oder einfach nur „Verdienter Punkt" gesagt.

Am Dienstagmorgen um 10 Uhr sitzen in der Schanzenbäckerei ein paar arbeitslose HSV-Fans, 20 verkaterte Union-Pandabären mit schwarzen Augenringen und nochmal genauso viele Heavy-Metal-Typen, die aussehen wie ein zerschossenes Dorf. Alle essen Mettbrötchen und trinken schwarzen Kaffee. Großes Autorenkino!

Billy murmelt irgendwann: „Also erinnern kann ich mich nur noch, dass ich in der Halbzeit zum völlig überfüllten Bierstand gewankt bin, mich ganz vorne hingestellt und sechs Becher geordert habe. Das gab zwar großes Genörgel, aber ich habe dem Kerl hinter mir einfach ein Bier in die Hand gedrückt und in die Schlange gebrüllt: Ich geh' schon seit über 40 Jahren zu Union, und ihr?"

Keiner von uns sagt was, aber alle denken wahrscheinlich gleichzeitig: Richtig, der große Becherovka-King und Träger des eisernen Goldkrone-Abzeichens, alias der Rührer, der darf das!

Pokalfinale

Im Oktober 1985 lerne ich Andis großen Bruder Billy kennen. Nach einem 3 : 0 von Union gegen Wismut Aue torkelt er rotzbesoffen mit seinen Kumpels Rambo, Stoni und Zille in unseren Club und verlautbart sofort: „Dreimal Sträßer. Jetzt werden wir alles zerlegen, bis wir Deutscher Meister sind!"

Nach dem Aufstieg letzte Saison in die Oberliga ist Union nach dem 9. Spieltag sensationell Fünfter, aber so wird das nicht lange weitergehen.

Bommel räuspert sich: „Der Sträßer war einfach zu schlecht für uns, den haben wir abgegeben. Genau wie den Seier." „Wer bist du denn eigentlich, Zwerg Nase?", ruft Billy empört. „Ach, das ist nur der Bommel", antwortet Andi besänftigend.

„Dir ist wohl als Kind zu oft die Bommel von der Mütze an den Hinterkopf geknallt", mischt sich dieser Zille ein. „Der Sträßer ist ein Mann mit Herz. Einmal Unioner, immer Unioner. In jungen Jahren kann man sich ja mal verirren. Der ist freiwillig gekommen und wird noch Torschützenkönig, du weinroter Wicht!", ergänzt Billy.

Trotz seines Alkoholpegels macht er auf mich einen sympathischen Eindruck, da er seine Sätze lächelnd und keineswegs aggressiv vorträgt. Er ist ein Typ, der die Regeln einhält, wenn er sich aussuchen kann, welche er davon befolgen muss.

„Ein Schuss, ein Tor, Dynamo", kann ich beim mutigen Bommel von den Lippen ablesen und zwinkere ihm zu.

Uwe Billstedt lebt bei seinem Vater in Lichtenberg, während Andi bei seiner Mutter wohnt und mehr oder weniger der einzige Union-Fan in unserer Gegend ist.
Billy ist schon in der Lehre beim VEB Kühlautomat und uns körperlich weit überlegen.
Doch nichts im Vergleich zu Rambo, der ein echtes Vieh ist. Dem schweigsamen Typen, der eigentlich nur etwas sagt, wenn er mit einer Sache nicht einverstanden ist, möchte man nicht in der Dunkelheit am Ostkreuz begegnen.
Spaßvogel Stoni hatte sich mit dem Satz: „Mein Name ist Stoni und ich bin Alkoholiker", vorgestellt. Jedenfalls haben sie an diesem Tag schnell die Oberhand im Club übernommen, saufen die Goldkrone-Reserven leer und erzählen legendäre Union-Geschichten.

Mit Billy, der angeblich am 9. Juni 1968 (dem Tag des einzigen FDGB-Pokalsiegs des 1. FCU) zur Welt gekommen ist, und den anderen lerne ich erstmals mehrere Jungs aus dem „Wald" kennen. Sie sind okay, aber auch total asozial.
„Wir holen den FDGB-Pokal und wir scheißen auf den Meister", singen sie heute ununterbrochen, nur weil sie es in dieser Saison bis in Achtelfinale geschafft haben. Gegen solche Größen wie die BSG Motor Eberswalde und Rotation Berlin. Nun wartet der 1. FC Magdeburg.
„Herr Genosse Billstedt, großes Kristallwodka-Lager entdeckt!", ruft Stoni. ‚Was für kranke Patienten', denke

ich, während Billy: „Zugriff!" brüllt und schon das Knacken des ersten Schraubverschlusses zu hören ist.

Der 1. FCM wird im November von Union zu Hause mit 4 : 1 weggehauen (dann 2 : 2 auswärts) und auch gegen die BSG Motor Nordhausen kommen sie im Viertelfinale weiter. Andi ist Feuer und Flamme und schleppt Billy, Stoni, Zille und Rambo nun öfter mal mit. Dadurch erfahren wir, wann und wo sie sich mit wem gekloppt hatten (und aus ihrer Sicht fast immer gewannen), aber auch, dass der riesige Brummbär Rambo einmal auswärts in Unterzahl von „Lok-Schweinen" in einen Müllcontainer geworfen und einen Hang hinuntergerollt worden war. Beim Aussteigen aus dem umgekippten Ding soll er: „Hier regiert der FCU!" gebrüllt haben, obwohl er im Club fast nie einen vollständigen Satz sagt.

Irgendwie schaffen sie es, mich anzufixen, denn für das Halbfinale gegen Dresden am 30. April 1986 lasse ich mir über Andi eine Karte besorgen, um erstmals an die Alte Försterei nach Köpenick zu fahren. Am Vortag gewinnen die Weinroten ihr Halbfinale halbwegs souverän mit 4 : 2 gegen Lok Leipzig.

Auf dem Weg vom S-Bahnhof Köpenick zum Union-Stadion begegnen wir vielen Polizisten. Zudem sind viel mehr Fans unterwegs, als ich es gewohnt bin. Ein paar Piepel in meinem Alter singen: „Wir sind Berliner Jungen und bilden uns was ein, es kann nicht jedes Arschloch ein Groß-Berliner sein."

‚Der Spruch könnte auch von uns sein', denke ich. Wahrscheinlich ist es einfach nur Zufall, zu welchem Verein man von seinem Vater erstmals mitgeschleppt wird und dem man danach die Treue hält.

Die Alte Försterei ist knüppeldick mit 20.000 heißblütigen Menschen gefüllt. Es riecht nach Caro-Zigaretten, verkohlten Rostbratwürsten, fauligem Holz, nach Bier, Pisse, Modder und Schweiß. Die Aufgänge sind vollgestopft mit langhaarigen Peacern in Shellparkas oder schwarzen Thälmann-Joppen und Kunden in echten Jeansjacken mit Union- und Hertha-Aufnähern. Viele tragen zwei Meter lange rot-weiße Schals um den Hals oder schwenken selbst gebastelte Fahnen. Mit entschlossenem Gesichtsausdruck betreten sie ihr Stadion und warten auf den Anpfiff.

Als ich unsere Tribüne, mit den porösen Betontreppen, Wellenbrechern und dem hohem Stahlzaun vor dem Spielfeld, erreicht habe, schnellt eine Faust von rechts in Richtung meines Kinns. In dieser Faust steckt ein Deutsches Pilsner und Zille brüllt: „Na El Rubio, willst wohl mal ehrlichen Fußball sehen?"
Ich schaue mich um und stelle beruhigt fest, dass den Satz nur Billy, Rambo und Stoni gehört haben, die nichts gegen mich haben und denen die Weinroten heute am Arsch vorbei gehen. Auch weil sie amtlich vorgeglüht und – wie angeblich immer – zusätzlich einige Bier hineingeschmuggelt haben. Zumindest benutzen sie schon meinen Spitznamen, da ich ja eigentlich Elmar heiße.

Andi passt heute auf mich auf und ruft: „El Rubio. Hipp, hopp, rinn in' Kopp." Auf der Gegengerade singen sie Union-Lieder oder schreien einfach nur: „Eisern Union!" Mutter, Vater, Kind und auch die alten Suffnasen. Das Spiel beginnt.

Die Stimmung im maroden, nicht überdachten Stadion kocht sofort über und auch die schwarz-gelb gekleideten Dresden-Fans melden sich nun zu Wort. Sofort stimmen die Unioner ein Lied an: „Ihr seid Sachsen, asoziale Sachsen, ihr schlaft unter Brücken, oder in der Bahnhofsmission."
Ich bin hier umgeben von Pennern mit Kämmen in der Arschtasche, graugesichtigen Rauchern, die braune Auswürfe in die Gegend aulen und proletarischen Schwerst-Alkoholikern mit Schnauzbärten – und frage mich, wo die wohl alle die Nacht verbracht haben. Auch ein paar Glatzköpfe mit bösem Blick und drei Punker befinden sich ganz in meiner Nähe – aber eben auch „normale" Jungs, wie Billy und sein Trupp. Die bunte Meute scheint eine bedingungslose Fußballleidenschaft zu einen.

Billy fragt mich nach 20 Minuten: „El Rubio, wenn wir jemals gegen Borussia Dortmund spielen, kommst du dann mit?" Ich nicke hastig, weil ich längst weiß, dass dies sein Lieblingsverein im Westen ist, aber auch, dass es niemals dazu kommen wird.
Dann fällt das 0 : 1 durch Minge und in der zweiten Halbzeit das 0 : 2 durch Kirsten.
Was den Unioner, im Angesicht des Ausscheidens aus

dem FDGB-Pokal, von den Weinroten unterscheidet, ist die Tatsache, dass viele nun: „Siehste, Schiebung!", rufen. Nur Billy kreischt eisern: „Dann gewinnen wir eben hoch bei den Scheiß Sachsen." Zumindest gelingt Sträßer noch der Ehrentreffer, aber mit einem 1 : 2 ist im Rückspiel nichts mehr zu reißen.

Nach dem Abpfiff verliere ich im Chaos die Jungs aus den Augen, lerne aber Toni kennen – eine blonde Traumfrau in rot-weiß. Auch sie hat ihre Leute verloren und begleitet mich quatschend zur S-Bahn. Auf dem Bahnsteig nimmt sie mich in den Arm, zieht meinen Kopf zu sich heran und küsst mich mit ganz viel Zunge. Ich habe ihr meine Herkunft nicht verraten. Erstes Unionspiel. Erste Unionerin. Gefühle.

Am Mittwoch, den 7. Mai 1986, gebe ich den gefälschten Entschuldigungszettel von Andi beim Lehrer ab. Das schier aussichtslose Rückspiel bei der SG Dynamo Dresden steht an und da muss er natürlich dabei sein.

Was soll ich berichten? Ich muss mir ab Donnerstag – wahrscheinlich bis an mein Lebensende – die legendären Geschichten anhören: von der krassen Zugfahrt mit 2.000 Berlinern; dem Backenfutter für die Trapos; dem heldenhaften Marsch zum Stadion, den der FCU regiert hat; dem unerwartet leeren Rudolf-Harbig-Stadion mit lediglich 12.000 Zuschauern, weil den Sachsen bereits klar war, dass sie im Finale stehen. Dem gehaltenen Elfer von Potti Matthies nach nur fünf

Minuten; dem 2 : 1 für Dynamo zur Halbzeit (durch Döschner, Sammer und ein Eigentor von Dörner). Dem aussichtslosen 3 : 1 für die schwarz-gelbe Pest (wieder Döschner). Der unfassbaren Aufholjagd mit Toren von Sträßer, Probst und dem 3 : 4 vom dadurch unsterblich gewordenen René Unglaube. Dem Pfosten- und Latten-knaller durch Dresden in den letzten Minuten. Dem ungläubigen Staunen über den Abpfiff durch Schiri Prokop. Und von der alkoholkomatösen Rückreise (mit Billy, der zunächst aufs Gleis fällt und sich dabei fast ein Bein bricht, dann aber im Zug im Gepäcknetz liegend weiterfeiert), in der Gewissheit, dass auch die verhassten Weinroten gegen Lok Leipzig durch ein 1 : 3 ausgeschieden waren. All das werde ich niemals vergessen.

Am 30. Mai 1986 schließe ich den Club um 21 Uhr für die Unioner auf. Diesmal sind mit Haue und Keule noch zwei weitere Freaks mit dabei. Morgen spielt ihr Team seit 1968 erstmals wieder im FDGB-Pokalfinale – dies-mal im „Stadion der Weltjugend". Ein Jahrhundert-Er-eignis für alle Eisernen.

Besonders Billy haut sich in seiner Euphorie so der-maßen einen rein, dass er mich gegen 2 Uhr fragt (ich kann sein Geseiere kaum noch verstehen), wo er pen-nen kann. Er legt sich mit einer Decke auf die breiten Heizungsrohre, die etwa zwei Meter über dem Boden aus der Wand kommen. Sein letzter artikulierter Wille ist: „3,0 Promille!"

Seine Jungs brüllen derweil diesen „Sachsen-in-der-Bahnhofsmission-Song". Dann spielen sie weiter Skat. „18, 20, Zwo, Null." Genau in diesem Moment kracht Billy lautstark mit der Fresse direkt auf die Tischkante. Keule lacht sich schlapp und ruft „Eisern Union!", doch sein Freund bleibt bewusstlos auf der mit Kippen übersäten Auslegware liegen. Haue sagt: „Was ist der Unterschied zwischen Billy und Elvis?" „Elvis lebt!" Ich renne nach oben und rufe einen Krankenwagen.

Den Rest kenne ich nur vom Hörensagen: Nachdem Billy aus dem Koma erwacht ist, hatte er an einer Ampel den weißen Barkas mit den roten Streifen von innen geöffnet, war hinausgesprungen, weggerannt und schlief dann im Volkspark Friedrichshain bei Nieselregen und kühlen Temperaturen seinen Rausch aus. Mit noch immer drei acht im Turm, einem auf Medizinball-Größe angeschwollenen Gesicht und verknackstem Fuß humpelte er gegen 14 Uhr zum Stadion in Mitte, genehmigte sich eine Batterie Pilsmöhren und etliche Rachenputzer von Stoni, bevor er sich in den Reihen seiner ihn hochziehenden Jungs („Quasimodo von Köpenick") die so heiß ersehnte Partie anschaute.

Ich sitze mit meinem Vater, wie bei jedem Pokalfinale hat er Karten über Vitamin B abgestaubt, auf der Tribüne und versuche in den rot-weißen Scharen, Billy zu entdecken. Ich mache mir echt Sorgen um den Kerl und ringe mir insgeheim das Versprechen ab, ihn zu einem Spiel gegen Borussia Dortmund zu begleiten, falls es jemals dazu kommen sollte. ‚Zusammen mit Toni', ist mein zweiter Gedanke.

Gegen den BVB werden sie dann sicherlich gewinnen, denn heute gibt es eine knappe Niederlage (1 : 5) gegen Lokomotive Leipzig.

Glad all over

Seit ich von der Fußball-WM 2014 aus Brasilien zurückgegehrt war, schien ein Gefühl von heute auf morgen erloschen zu sein: die bedingungslose Begeisterung für den Fußball. Was sollte denn jetzt noch kommen?

Ich fragte mich plötzlich: ‚Weshalb verschenke ich für diesen Scheiß, mir Woche für Woche oftmals grottenlangweilige Spiele im Fernsehen oder in der Zweiten Liga im Stadion anzuschauen, so viel Lebenszeit?'

Dass die Euphorie nach dem Titelgewinn der Nationalmannschaft nachlassen würde, war mir beinahe klar gewesen, aber dass meine Lust auf Fußball plötzlich fast gänzlich verschwand, hatte ich nicht erwartet.

Ausgerechnet Nadine reißt mich aus der Lethargie. Das ist insofern bemerkenswert, da sie sich bis zu jenem Sommertag 2014 in Fortaleza, wo wir das WM-Spiel Ghana gegen Deutschland gesehen hatten, überhaupt nicht für diesen Sport interessiert hatte. Und jetzt lädt mich die kleine Pfälzerin plötzlich am internationalen Frauentag 2015 an die Alte Försterei ein.

Was gehört laut dem Buchautor Nick Hornby zu einer denkwürdigen Partie?
Hier mein Spielbericht von der Partie: 1. FC Union Berlin gegen den 1. FC Kaiserslautern am 8. März 2015:

1. Tore (so viele wie irgendwie möglich)
Das Spiel ist beschissen und endet folgerichtig mit 0 : 0.

2. Eine empörend schlechte Schiedsrichterleistung
Der Schiri ist mit Abstand der beste Mann auf dem Platz.

3. Eine lautstarke Zuschauermenge
Spielbezogene Unterstützung gibt es heute kaum.

4. Regen, ein glitschiger Boden
Wir haben 15 Grad und es ist größtenteils sonnig.

5. Der Gegner vergibt einen Elfer
Das ist leider auch nur Wunschdenken.

6. Ein Spieler des gegnerischen Teams sieht Rot
Natürlich geschieht das ebenfalls nicht.

7. Irgendein Zwischenfall, eine Dummheit
Nein, nicht mal Quiring stellt irgendwas an.

Zusammen mit 20.841 Zuschauern sehe ich also eine Partie, der ich, laut der Regel des Autors von „Fever Pitch", leider nur *null von sieben Punkten* geben kann. Aber irgendwie, ich weiß nicht, es ist trotzdem geil.

Vielleicht, weil es der erste warme Tag des Jahres ist und das Bier an der „Falle" vor dem Spiel besonders mundet. Vielleicht, weil Nadine die Musik-Auswahl vor der Partie begeistert und ihr die Hymne von Nina Hagen Gänsehaut beschert. Vielleicht, weil während des Grottenkicks ein kleiner, rot-weißer Ball von den Zuschauern zur Belustigung im Stadion herumgeworfen wird, den ich nur Zentimeter vor Nadines Kopf fange. Vielleicht, weil ich Billy und Keule in Sektor 3 (wir sind in 4) deutlich aus der Menge heraushören kann, wenn sie jemanden als „Blinden", „Wichser" oder „Vollpfosten" beschimpften. Vielleicht, weil wir mit Metze noch einen Freund aus der Pfalz treffen, der uns zum Absacker nach Friedrichshain begleitet. Ich weiß es nicht.

Drei junge Engländer aus Birmingham stehen während des Spiels in unserer Nähe und wir kommen ins Gespräch. Sie lassen ihrer Freude darüber freien Lauf, wie preiswert die Tickets sind, dass es hier überall günstiges Bier gibt, dass sie an der Alten Försterei stehen und rauchen dürfen.

Auch die Dauergesänge tausender Unioner und die der „Roten Teufel" nebenan finden sie gigantisch. Eine Atmosphäre, welche sie in „Sitzplatz-England" nur noch sehr selten erleben.

Mir wird mal wieder bewusst: Deutschland hat sich eine fantastische Fußballkultur bewahrt, mit Stadien, die einen Ausgleich zum dumpfen Alltag bieten und ein Ventil für pure Lebensfreude sind.

Nur wenige Tage später hebt ein Flieger in Richtung London ab. Ich will Andi zum Geburtstag ein Spiel auf der Insel schenken. Natürlich habe ich nichts dem Zufall überlassen und bereits Tickets organisiert. Bei Arsenal und Chelsea war ich schon, Tottenham und Millwall kicken „away" und Fulham kommt nicht in Frage. Bleibt also nur Crystal Palace, die im Stadtderby gegen die Queens Park Rangers in der Premier League antreten.

Mein Kumpel in England hat mit Ryan einen „Eagle-Fan" im Kollegenkreis, der uns zwei Jahreskarten im „Whitehorse Lane Stand" zum Freundschafts-Preis von je 30 Pfund überlässt, weil er zu einer Hochzeit muss. Okay, bei Nick Hornby hätte das nicht als Ausrede für das Verpassen eines Fußballspiels gegolten. Uns ist es recht. Am 14. März 2015 heißt es um 11 Uhr: Auf zum Selhurst Park!

Im Vorort-Zug treffen wir auf die versammelte Alt-Hooligan-Fraktion von QPR, solche, denen man Ende der 80er lieber nicht über den Weg gelaufen wäre. In Selhurst Station gehen wir mit ihnen noch ein Stück des Weges, bis wir in eine dunkle Gasse – rechts und links von roten Klinkermauern umgeben – geraten. Mit komischem Akzent werden wir von einem dicken Kerl mit Glatze gefragt, ob wir Queenspark-Jungs wären, oder ob wir uns einfach nur verlaufen hätten?

Zurück am Bahnhof wird klar, dass die Heim-Fans eine völlig andere Route entlang des Bahndamms wählen. Wir reihen uns ein und laufen durch eine trostlose Londoner Vorstadt, wie in einer Szene aus einem Film über gewaltbereite Fans.

In der Masse fallen wir nicht als „Germans" auf, zumal jetzt auch einige Väter mit Kindern am Start sind.

Es ist nun schon zwölf Uhr mittags und wir bekommen so langsam Durst. Leider gibt es hier keine Bier-Verkaufsstände, Kioske oder fliegende Händler, und die einzige Eckkneipe kurz vor dem Stadion ist brechend voll.

Auf der Suche nach unserem „Stand" entlang des leicht zerstückelten Stadions, mit dem beindruckenden Back-steinbau der Haupttribüne, treffen wir die QPR-Typen vor dem „Arthur Wait Stand" wieder. Andi wird von dem Dicken gegrüßt und fast mit hineingesaugt. Un-mittelbar daneben befindet sich jedoch der richtige Eingang. Über ein schmales, rostiges Drehkreuz, einen finsteren Tunnel und etliche bröcklige Betonstufen ge-langen wir endlich zu den richtigen Plätzen.

Letztendlich grenzen unsere Sitze unmittelbar an den Gästeblock und bereits vor Spielbeginn müssen wir Schmähgesänge über uns ergehen lassen. Die Palace Jungs halten dagegen und fordern die QPR-Fraktion mit eindeutigen Gesten dazu auf, rüberzukommen. Und das alles ohne Zäune und wenig Security. Ein Spaß!

Die „Holmesdale Fanatics" des Crystal Palace FC stehen auf der gegenüberliegenden Seite. Sie sollen eine der wenigen Ultra-Vereinigungen in England sein, die noch gegen die hohen Eintrittspreise rebellieren und sich mit allerlei Aktionen dafür einsetzen, die alte, britische Fußballkultur zu bewahren. Zumindest sehe ich mit eigenen Augen, dass der schwarz gekleidete Mob die ganze Zeit steht und ordentlich Rabatz macht.

Unten im Tunnel verkaufen sie überraschenderweise alkoholhaltiges Bier in Plastik-Flaschen, und da uns niemand daran hindert, betreten Andi und ich den Rasen auf Höhe der Eckfahne und machen lustige Erin-nerungsfotos. Er mit Union-Schal.

Erst als Cheerleader-Mädels auflaufen (so viel zu britischer Fußballkultur), werden wir verscheucht. Zumindest erleben wir noch den Flug eines riesigen Adlers, der grazil über das ganze Spielfeld segelt und im Block direkt vor unseren Augen wieder landet. Ryan funkt mich alle 10 Minuten per SMS an und fragt, wie es uns gefällt.

Um 12 : 45 Uhr ist Anpfiff: Beide Teams sind nicht sonderlich spielstark, doch Ryan kann sich für uns freuen, da wir ein abwechslungsreiches 3 : 1 und wahrscheinlich das Tor des Jahres in England sehen: „Matt Phillips scored a brilliant 40-yard effort after 83 minutes." Zufrieden laufen wir mit den Massen durch die engen Gassen zurück zum Bahnhof und bekommen nirgendwo aufs Maul.

Wir versacken in der Londoner Innenstadt im „Zeitgeist", einer Kneipe, die auch die Bundesliga zeigt. Es ist noch früh am Abend. Dennoch klingt mir schon jetzt ein Song der Crystal-Palace-Fans in den Ohren, der mich bis tief in die Nacht begleitet und meine Gefühle beschreibt: „And I'm feeling, glad all over. Yes I'm, glad all over."

Am 20. März 2015 enden meine zwölftägigen Fußball-Festspiele: Union kickt gegen St. Pauli. Es ist die einzige Partie, zu der ich immer nach Köpenick fahre. Was soll ich berichten? Das Match ist fast noch schlechter als das gegen den FCK, obwohl ich das kaum für möglich gehalten hatte.

Aber (!) es ist ein Freitagabend-Flutlichtspiel und die rappelvolle Hütte brennt in der 89. Minute lichterloh, als Sebastian Polter der 1 : 0-Siegtreffer gelingt.

Meine Hamburger Freunde, die jetzt Vorletzter sind, müssen getröstet werden, auch weil Haue aus Billys Truppe sie am Stammtisch fragt: „Was ist der Unterschied zwischen einem Marienkäfer und St. Pauli?" „Der Marienkäfer hat mehr Punkte." Der Abend endet verdammt spät im Friedrichshainer Kneipensumpf.

Am Ende der Saison 2014/2015 landet der FC St. Pauli auf dem 15. Platz und steigt gerade so nicht ab. Union wird (mit einem Torverhältnis von minus 5) Siebter in der Abschlusstabelle. Seit jenen Wochen im März hatte ich fast jedes Heimspiel des FCU im Stadion verfolgt, doch erst am 18. Juli 2015 schließt sich für mich der Kreis.

Zur Vorbereitung auf die neue Saison hatte der 1. FC Union Berlin den Crystal Palace FC an die Alte Försterei eingeladen. Auf dem Weg zum Stadion denke ich noch einmal daran, wie lange die Luft nach der WM 2014 in Sachen Fußball raus gewesen war, und nun fahre ich sogar schon zu einem Freundschaftsspiel.

An der „Falle" treffe ich überraschend viele bekannte Gesichter. Billy meint gewohnt trocken: „Ich bin eigentlich nur gekommen, um mal ein bisschen frische Luft zu schnappen. Und warum bist du hier? Egal, Prost!"

Das Match endet 2 : 0 für Union gegen das Premier League-Team aus England, aber auch die rund 500 mitgereisten Palace-Fans haben sichtlich ihren Spaß. Sie schmücken den Gästesektor mit unzähligen Zaunfahnen, singen ununterbrochen gegen die 8.000 Unioner an und genießen bei strahlendem Sonnenschein das frisch gezapfte Berliner Pilsner, um im Anschluss in Köpenicks Biergärten zu versacken.

Sie sind „Glad all over" an diesem herrlichen Sommertag, denn auch für die Supporter des „Stolzes aus Südlondon" ist Fußball ein Ausgleich zum dumpfen Alltag und ein Ventil für pure Lebensfreude!

Der Rührer

Es geht so: „Zisch, Zisch, Zisch, Zisch. Gluck, Gluck, Gluck. Rülps, Rülps. Aaahhh." Soeben waren vier Dosen Berliner Pilsner aufgerissen worden, jeder hatte drei große Schlucke in sich hineingekippt, zwei Jungs hatten gerülpst und alle das Ritual mit einem glückseligen Seufzer beendet. Diverse Feuerzeuge klicken. Es ist morgens um halb Zehn in Deutschland und wir befinden uns vor dem Berliner Hauptbahnhof.

Kurz vor 10 Uhr kommt Keule mit einem Sixer in der Hand angeschlendert. Billy, alias Rührer, brüllt: „Einheit Unnormal, vollzählig angetreten. Abmarsch!"

Ich hatte die Jungs um Billy und seinen Trupp seit 2015 wieder öfter im Stadion gesehen, einfach nur, weil ich jetzt auch immer hingehe. Mein Freund Andi wohnt nun in Hamburg und kommt seltener vorbei, aber sein Bruder Billy geht zu jedem Spiel. Einige der Jungs gaben mir eine Zeit lang das Gefühl, dass sie mich gar nicht mehr kennen, doch nach diversen Sieg- und Niederlagen-Bieren am so genannten „Warsteiner Stammtisch" neben der Kneipe „Abseitsfalle" waren wir uns wieder näher gekommen. Mittlerweile nennen sie sich „Einheit Unnormal" und wollen irgendwann einen offiziellen Fanclub gründen.

Heute fahre ich erstmals mit den Hotten zu einem Auswärtsspiel von Union, und im Gegensatz zu ihnen bin ich gehörig aufgeregt, wobei das sicher nur Einbildung ist, denn auch sie fiebern dem Spiel seit Wochen entgegen.

Vor sehr vielen Jahren – noch zu Ostzeiten – hatte ich Billy versprochen: „Wenn Union jemals gegen Borussia Dortmund spielt, komme ich mit!" In der zweiten Pokalrunde 2016/2017 wurde dem FCU der Gegner zugelost und so muss ich das heute, am 26. Oktober 2016, auch einlösen.

Mit dabei sind Billy, Rambo, Keule, Zille, Stoni, Marx und Anne, die Tochter von Billy, der in seinen Kreisen „der Rührer" genannt wird. Vor dem Stadion werden wir noch Haue und Andi treffen.

Die Jungs haben ein Zugticket erster Klasse schon vor Wochen gebucht und zahlen genauso viel wie ich in der zweiten. Natürlich gehe ich mit ins Komfort-Abteil.

Nach dem dritten Bier und unzähligen „Hier regiert der FCU!" verschwinden etliche Fahrgäste. Heute ist Mittwoch, sodass sie auch im benachbarten Ruhewagon lautlos First Class fahren können, denn dort ist alles leer.

Die langbeinige Schaffnerin ist hübsch und findet uns lustig. Als sie weg ist, sagt Marx trocken: „Wenn wir gewinnen, lasse ich bei unserer Rückkehr die ‚Falle' mit Disco-Schaum fluten, 10 nackte Frisösen werden vor dem Stammtisch catchen und wir trinken die Kneipe auf meine Kosten leer!" Schöne Aussichten.

In Hannover brüllt Billy: „Einheit Unnormal: Rauchen!" Rambo muss die Tür beim überhetzten Einstieg aufgestemmt halten und im Abteil meckert Zille: „Scheiße, die Schweine haben uns das Bier geklaut!", was nicht stimmt, da die Jungs in einem atemberaubendem Tempo knapp 40 Dosen und Pullen plattgemacht hatten.

Stoni reicht Kräuterschnäpse „zur Überbrückung" herum, während Marx beim Bord-Personal neues Frischbier ordert. „Hätte ich mir teurer vorgestellt", ruft Billy in die Runde. Eine großes Bier kostet 5 € pro Kugelglas bei der Deutschen Bahn.

Er trägt wie Keule eine rot-weiße Hawaii-Kette um den Hals und singt: „Unsere Farben sind rot und weiß." Ich pariere: „Denn wir sind der letzte Scheiß."

„Mann, Vaddern, das heißt: unsere Farben sind weiß und rot. Wir bleiben treu bis in den Tod", vermeldet Anne, die sich als einzige Frau in dem asozialen Haufen noch immer recht wohl zu fühlen scheint.

Vor 30 Jahren wäre sie noch eine blonde Traumfrau gewesen. Doch nun ist sie 25 Jahre jünger als ich und vor allem die Tochter eines Freundes. Außerdem heißt sie ja nicht Toni, wie meine erste Unionerin im Jahre 1986.

Bei der Ankunft im Hotel in Hagen ist sie trotzdem Besitzerin meines Einzelzimmers. Ich opfere mich und schlafe zusammen mit Keule und Zille in deren unterbelüfteter Dreibett-Höhle.

Im Gegensatz zu den Fahrscheinen hatte die Truppe bei der Bettenbuchung lange gezögert, sodass es in Dortmund keine bezahlbaren Hotels mehr gab. Aber im Ruhrpott sind die Städte mit der S-Bahn oder der Regionalbahn verbunden und wir kommen ja auch nicht zum Sightseeing.

Hagen ist wahrscheinlich eine ehrliche Schönheit, die sich einem erst nach dem dritten Besuch erschließt. Im Bahnhofsumfeld gibt es Dönerläden, Wettbüros, Schischa-Bars und Bierhallen.

Nach Planänderung finden wir aber noch ein rustikales Keller-Restaurant in der Fußgängerzone. Einige Eingeborene, die wohl eher mit Schalke sympathisieren, rufen: „Viel Glück und haut die schwarz-gelbe Pest weg!"

Alle sind mittlerweile in Vollmontur und tragen rotweiße Hawaiiketten, Schals, Trikots, Hüte und die, im Vorfeld verteilten, roten Regenjacken mit dem Aufdruck: „Keine Wand ist unbezwingbar".

„Gab's nur in XXL", hatte der Rührer beim Verteilen erklärt, was sicher nicht stimmt und vor allem Anne darin wie in einem Zirkuszelt verschwinden lässt. Fetzt trotzdem!

Im Restaurant bestellt jeder ein Essen, was im Vergleich zum georderten Bier und Schnaps einen verschwindend kleinen Betrag auf der Rechnung ausmacht. Es wird amtlich vorgeglüht und bei einigen registriere ich schon einen kleinen Schwips.

Stoni stellt mich bei einer Zigarette vor dem Laden zur Rede: „Also, El Rubio, du warst ja mal bei den Anderen und jetzt fährst du mit uns. Kann ich dir vertrauen?"

Ich fühle mich ein bisschen in die Ecke gedrängt, da ich das letzte Mal vor 28 Jahren bei den „Anderen" war. Ich erläutere ihm ein paar Dinge und nach einem: „Ja kannst du", nickt er und das Thema ist damit erledigt.

Beim Aufbruch ruft Anne: „Jeder zeigt mir sein Ticket und seinen Arm!" Sie ist die Einzige, die mittlerweile noch durchsieht, und möchte, dass wir ins Stadion und später alle wieder ins Hotel kommen, weshalb wir uns den 4-stelligen Zimmer-Code mit einem Kuli auf den Arm geschrieben haben.

In Hagen gibt es eine Direktverbindung zum Stadion in Dortmund. Wir sind an den Gleisen farbentechnisch in der Unterzahl – in der Lautstärke nicht. Stoni fotografiert ein gelb-rotes Warnschild, auf dem ein Mensch rittlings von der Bahnsteinkante fällt, und stellt es in die WhatsApp-Gruppe, was ich nicht ganz kapiere.

Als der Zug einfährt, stehe ich mit Zille direkt vor einer Tür und entere das Abteil, um für die anderen Plätze zu sichern. Am benachbarten Eingang, wo die anderen standen, geschieht lange nichts. Bis zwei BVB-Typen zu uns kommen und sagen: „Da ist gerade einer von euch ins Gleisbett gefallen."

Wenig später tragen Stoni und Marx den Rührer mit schmerzverzerrtem Gesicht zu uns rüber. „Der hat auf dem Bahnsteig die Lücke zwischen Gleis und Zug nicht gesehen und blub, weg war er. Klassische Katschow-Grätsche", sagt Stoni. „Aber das Sixpack hat er hochgehalten und gerettet", ergänzt Marx.
Der Rührer Billy, ist kreidebleich und murmelt: „Scheiße, jetzt wird es wohl doch noch ein Nussknacker-Knie."

Ich verstehe nun zwar, was das Schild: „Vorsicht an der Bahnsteinkante" bedeuten sollte, aber sonst nur Bahnhof.

Zille klärt mich auf: „Nach seinem doppelten Looping vor ein paar Jahren, am Zaun beim Spiel auf St. Pauli, hat ihm der Arzt nach dem CT gesagt: In ihrem Knie sieht's aus wie rund um das World Trade Center am 12. September 2001. Kreuzbandplastik nicht mehr nachweisbar, Meniskus beschädigt und schwere Außenbanddehnung. Aber ich kenne da einen Facharzt, der ihnen mit allen Mitteln der modernen Chirurgie ein so genanntes Nussknacker-Knie bauen kann."
Billy brüllt: „Schnauze, gib mir mal 'ne Flasche Bier. Ich habe mich ja damals dagegen entschieden." Ein Verletzter noch weit vor Spielbeginn.

Als der Zug anrollt, singt unsere Meute euphorisch: „Wir sind Unioner, wir sind die Kranken, wir durchbrechen alle Schranken", und alle Schwarz-Gelben im Wagon glauben das sicherlich auch.

Der Halt ist natürlich nicht direkt vor dem Stadion. Zunächst müssen wir Billy eine Brücke hinaufwuchten, auf der anderen Seite wieder hinunter und dann haken ihn zwei Jungs unter, um den letzten Kilometer in Angriff zu nehmen.
Ab und zu wird gehalten, damit der Patient mit Bier versorgt werden kann. Mittlerweile ist es dunkel und von weitem leuchtet Deutschlands größter Fußballtempel in einem grandiosen Licht.

„Was macht ihr denn da mit dem Krüppel?", brüllt plötzlich jemand von der Seite. Haue und Andi erheben sich hinter einer Ansammlung Maurerpatronen (Bierdosen) und kommen freudestrahlend herüber. Andi sagt: „Dass sich mein Bruder bei solchen Fahrten verletzt, kennst du doch noch von früher, oder?" Wir umarmen einander.

Die Stimmung ist gut und es wäre noch Zeit, an einer der Bierbuden zu verweilen, doch wir einigen uns darauf, Billy auf seinen Sitzplatz ins Stadion zu verschiffen.

Vor den Eingangstoren der Gästefans staut es sich, und recht bald merken wir, dass die wenigen geöffneten Tore für solch einen Andrang niemals reichen werden. Dabei hätten die doch längst wissen müssen, dass sich Union mit 12.000 Leuten auf den Weg nach Dortmund gemacht hat. Von hinten wird weiter nachgeschoben. Die ersten werden an die Barrieren rechts und links neben den Drehschleusen gedrückt. „Kann der Rührer wenigstens nicht umfallen", nuschelt Rambo seinen ersten vollständigen Satz am heutigen Tag.

Kleine Tumulte entstehen, als eine Gruppe andeutet, einen Bauzaun überwinden zu wollen. Polizisten kommen angestürmt. Ein Hauch von Pfefferspray wabert durch die Luft. Das Tempo an den Einlasskontrollen ist nach wie vor ein Witz, aber irgendwann werden auch wir hineingedrückt. Es ist nun schon 20:15 Uhr und wir sind froh, bereits um 19 Uhr am Einlass gewesen zu sein.

Durch unzählige Katakomben irrend, erreichen wir unseren Block 58. Wir stehen zusammen in den Reihen 36 und 37 hintereinander. Billy sitzt und raucht. „Endlich bin ich mal im Westfalen-Stadion", ruft er und strahlt über das ganze, blasse Gesicht. Schon jetzt sind unsere Kurve und die benachbarte eine dichte rote Wand und von der berühmten Gelben direkt gegenüber hört man kaum einen Mucks.

Zwölftausend Berliner singen so laut, wie sie nur können. Letztendlich wird die Partie mit 15 Minuten Verspätung angepfiffen, bis auch die letzte rote Regenjacke im Stadion ist. Ich weiß nicht, ob schon jemals so viele Unioner zu einem Auswärtsspiel gefahren sind. Mehr als die halbe Alte Försterei ist heute anwesend.

Vom Spiel kann ich nur wenig berichten. Wir sind alle voller Endorphine. Es wird gesungen, vor allem ultralaut und im Wechselgesang: „Eisern" – „Union" und ewig lang: „Dem Morgengrauen entgegen, zieh'n wir gegen den Wind". Tausende Schals kreisen durch die Lüfte. Unvergessliche Bilder. Doch Dortmund schießt in der 44. Minute das 1 : 0, was auch noch als Eigentor von Parensen gewertet wird.

Scheißegal, kurz nach Beginn der zweiten Halbzeit wird ein riesiges Banner mit dem Konterfei von Damir Kreilach hochgezogen und dann beginnt eine Pyro-Show vor der mächtigen Zaunfahne „1. Fußballclub Union Berlin". Feuer, Rauch, Nebel und Krach!

In der 81. Minute drischt Steven Skrzybski den Ball aus gut 20 Metern volley in die Maschen. Ausgleich!

Eine Seite des Stadions explodiert augenblicklich und selbst Billy springt in seiner Ekstase in die Lüfte und brüllt danach –nicht nur aus purer Freude. Für die meisten ist es schon jetzt die größte Partie der Vereinsgeschichte vor 79.037 zahlenden Zuschauern, wie uns die Anzeigetafel verrät.

Nur das Happy End fehlt, da Union die Verlängerung zwar tapfer übersteht, dann aber im Elfmeterschießen (welches dummerweise auf der Südseite ausgetragen wird) Muffensausen kriegt und keinen einzigen Schuss verwandelt. 3 : 0 für den BVB und 4 : 1 insgesamt. Dennoch: was für ein geiles Erlebnis!

Auf dem Rückweg tragen wir Billy abwechselnd – und jeweils zu zweit – zum Bahnhof. Von vorne füllt Anne dem Papa (oder „der fetten Sau", wie Keule es nennt) Bier in den Schlund. Haue fragt: „Was ist der Unterschied zwischen dem Rührer und E. T.?" „E. T. hat zu Hause angerufen!" Seine Frau Silke wird ganz schön bedient sein.

Die Bullen lassen uns nach etwas Genörgel durch, da wir nicht so aussehen, als ob wir noch großen Ärger anrichten können. In Hagen nimmt sich Billy für die 200 Meter zum Hotel ein Taxi (und gibt dem Fahrer einen Zehner), während wir so viele Biere und Komabecher im Späti kaufen, dass fast alle Teilnehmer der „Einheit Unnormal" dann doch noch den verwischten Zimmercode vom Arm entziffern müssen.

Im Aufenthaltsraum des Hotels sind Billys letzte Worte: „Wenn Borussia Dortmund jemals an die Alte Försterei kommt, treten wir denen so richtig in den Arsch."

Ich hoffe, dass der Rührer das auch mit einem Nussknacker-Knie noch kann, und verspreche ihm, auf jeden Fall mit dabei zu sein.

Best Bier

Rock 'n' Roll and same procedure as every game: Etliche Bierdosen zischen, um 10 Uhr auf, drei schnelle Zigaretten werden gepafft und dann geht's zum Zug in Richtung Westen – diesmal mit Start am Berliner Ostbahnhof.

Auf den Plätzen direkt vor uns im Wagon sitzen die „bösen Buben", also solche, die es früher mal waren. Heute nennt mal sie wohl eher Alt-Hauer. Sie sind in die Jahre gekommen, aber noch immer ziemlich stabil, haben weniger Haare auf dem Kopf und, im Gegensatz zu uns, kaum Union-Utensilien dabei. Ihr Markenzeichen sind schiefe Nasen und eine Aura der Unbesiegbarkeit.

Billy kennt natürlich einige und plauscht ein wenig mit ihnen. Keule macht seine Oi-Punk-Musik an und beschallt uns damit aus Reise-Boxen.

Auch die alten Kameraden haben einen, etwas in die Breite gegangenen, „Rührer" in ihren Reihen, der anscheinend alles organisiert und seine Truppe mit lustigen Anekdoten unterhält. Er macht auf mich einen sympathischen Eindruck und haut mir, als sie in Bochum den Zug verlassen, zum Abschied auf die Schulter. Billy setzt sich zu mir und sagt: „Das war früher übrigens der Schlimmste von allen." Wir grinsen und prosten uns zu.

Von Essen geht es weiter nach Gladbeck, wo wir nach dem Spiel pennen werden.

Beim Blick aus dem Fenster ruft Stoni: „Wie können sich das Menschen nur antun?" Es ist eine trostlose Gegend und am 29. November 2019 sieht sie aus wie in einem alten Schwarz-Weiß-Film. In Gladbeck-West warten dann Hans-Jürgen Rösner und Dieter Degowski auf uns. Natürlich nicht, aber Haue und Andi stehen mit einer Stiege Gin-Tonic aus der Dose da und nehmen uns in Geiselhaft.

Auf dem Weg ins Hotel in der „Altstadt" laufen wir an einer Bratwurstbude vorbei. Auf dem Klappschild davor steht: „Best Wurst im town!" Wir lachen uns über das „m" schlapp und bestellen jeder ein „Best Bier im town", na jedenfalls ein Veltins.

Am Hotel kann Billy den Code für die Eingangstür auf dem Handy nicht finden. Nach ewiger Telefoniererei stellt er auf laut und wir hören: „Eh hör ma, dat Code hab ich dir doch geschickt." Dat fetzt und auch das Mehrbett-Zimmer ist geräumig und hat Anschluss an eine Dachterrasse. Doch der Durst treibt uns sofort wieder nach unten.

In der Fußgängerzone sind Büdchen aufgebaut – der Gladbecker Weihnachtsmarkt – und wir werden in etwa so von den Knappen begrüßt: „Da seid ihr ja endlich! Wollt ihr ein Bier oder lieber Glühwein?" Will sagen: Es ist das herzlichste Willkommen, das ich jemals auswärts erlebt habe. Wir kommen ins Gespräch und hören, dass die meisten von denen das Pokalfinale 2001 gegen Union noch immer in bester Erinnerung haben. Auch unsere Jungs, die fast alle damals dabei gewesen waren, haben über den Tag mit den Gelsenkirchenern nur Gutes zu berichten.

Scheiß auf Fan-Freundschaften, die andere begründet haben: Die Typen (Männer wie Frauen), die uns hier mit Bier und alkoholischen Heißgetränken abfüllen, muss man einfach mögen. Haue klopft einem langhaarigen Kuttenträger aus Dank für eine Runde mit seiner Plastikhand auf den Rücken. „Eh hör ma. Ich hab am Schulter", ruft der. Wir lachen Tränen, doch Andi mahnt zur Abfahrt der „Einheit Unnormal".

Mit dem Bus fahren wir nach Buer-Rathaus und nach einem Zwischenbier an der Getränkeversorgung für Schalke-Jungs drängeln wir uns in die Straßenbahn in Richtung Veltins-Arena. Das beleuchtete Stadion sieht aus der Ferne gigantisch aus. „Endlich bin ich mal auf Schalke", murmelt Billy.

Noch sind wir alle zusammen. Das ändert sich an den Eingangsschleusen, wo wir Keule und Zille verlieren. Alle anderen schummeln sich zusammen in den U-Block auf Reihe 7. Die Sicht, direkt vor der Eckfahne, ist fantastisch und auch die Gesänge, sowohl von den rund 5.000 Unionern als auch von den knapp 55.000 Schalkern lassen keine Freitagsabend-Wünsche offen. Zwei prallgefüllte Bierträger werden durchgereicht. Die Spiele können beginnen ...

Unsere Mannschaft kickt gut und ist gallig in den Zwei-kämpfen, versäumt es aber, in der Anfangsphase in Füh-rung zu gehen. In der 23. Minute knallt uns ein Schalker einen Volleyschuss unter die Latte. Doch Union schlägt (oder fliegt) zurück, denn Andrichs Schwalbe, die zum Elfmeter und dann zum 1:1 durch „Inge" Ingvartsen führt, können wir selbst ohne Zeitlupe erkennen. Nicht ganz ehrlich malocht, wie man hier sagt, aber verdient ist der Ausgleich allemal. Wir drehen durch!

In der zweiten Halbzeit sind die Königsblauen besser und es ist unserem Torwart Gikiewicz zu verdanken, dass sie uns keinen mehr einschenken. Die Blicke gehen nun ständig zum Anzeige-Würfel über dem Spielfeld. Ir-gendwann sind nur noch fünf Minuten zu spielen. Doch ausgerechnet Subotic verspringt der Ball in der 86. Mi-nute im Mittelfeld.

Man hat den Eindruck, dass er zu lange überlegt hatte, ob er ihn passen oder einfach auf die Tribüne dre-schen soll. Und blub: Schalke verwandelt aus halblinker Position ins lange Eck zum 2:1-Endstand. Satz mit „x".

Insgesamt kam von Union nach der Pause leider zu wenig. Auswärts müssen sie – wie die „Einheit Unnor-mal" – noch ein bisschen üben.

Die Laune ist dennoch nicht im Eimer. Als Haue vor dem Stadion beim Versuch, einen kniehohen Zaun zu überwinden, einen doppelten Rittberger macht, kön-nen schon alle wieder lachen. Den Rührer, Rambo und Stoni verliere ich im Gedränge aus den Augen. Es irren nun also schon wieder drei Truppen getrennt durch die Gegend.

Zusammen mit Andi und Haue schiebe ich mich durch die Massen auf dem Weg zur Straßenbahn. Wir singen mit anderen unsere Lieder. Die Schalker lassen uns die „Stadtmeister"-Gesänge gewähren. Sie haben schließlich gewonnen und raunen: „Eh hör ma. Wir sind jetzt Zweiter und Ruhrpott-Meister."

Wir quetschen uns in eine völlig überfüllte Bahn, doch erst als wir am Stadion vorbeifahren, bemerke ich, dass wir in die falsche Richtung fahren. „Andi, Haue: Wir müssen raus, die hier fährt zum Hauptbahnhof", brülle ich mit dem Gesicht an der Scheibe klebend.

Die beiden an der Seite zu haben ist gut. Mit Andi verstehe ich mich blind und Haue ist einer der lebensfrohsten Menschen, der mir jemals begegnet ist.

Nach seinem unverschuldeten Starkstrom-Unfall vor acht Jahren in Österreich lagen seine Überlebenschancen bei etwa 10 Prozent. Doch er hat sich mit Hilfe mehrerer künstlicher Gliedmaßen wieder zusammenflicken lassen und auch als menschliches Ersatzteillager nie seinen Humor verloren.

„Was ist denn das für 'ne bekackte Mondlandschaft? Hier gibt's ja nicht mal Bier. Eh, halt mal an, du Otto!", brüllt er einem Taxifahrer hinterher. Der bremst sogar, macht die Scheibe herunter und sagt: „Eh hör ma, ..." Den Rest können wir leider nicht verstehen. Dann fährt er einfach weiter. Haue fragt: „Was ist der Unterschied zwischen Schalkern und Unionern?" „Unioner sprechen Deutsch."

Dann kommt die Bahn nach Buer und wir treffen Zille und Keule wieder, die gerade in einem intensiven Gespräch mit einigen Schalke-Ultras stecken. Ich höre, wie einer von denen sagt: „Wommer ma sagen, da steht einer aus Lüdenscheid-Nord, und du bist nicht bereit, dem in dä Arsch zu treten, dann wirste kainer."

Der Typ hat Zilles Union-Schal um den Hals, aber alles ist cool – er hatte ihn dem Kerl geschenkt. Haue holt eine Runde Kennenlernen-Bier und Andi Bratwürste. Er bringt nur eine und sagt: „War die letzte."

Ich beiße von dem Brötchen ab und mir fallen fast die Plomben aus dem Mund. „War wohl das Ausstellungsstück?" Haue drückt mir ein Flüssigbrot zum Nachspülen in die Hand und Zille meint: „Nicht lang schnacken, Kopp in Nacken!"

Im Gruppen-Chat erfahren wir, dass Stoni, Rambo und Billy schon in Gladbeck sind und beim Nobel-Italiener Rotwein für 30 € die Pulle saufen. Wir verabreden uns in einem Pub und nehmen zwei Taxis, die wir uns mit drei Königsblauen teilen.

Die Gaststätte „Haus Surmann" ist so ‘ne richtig geile, hundertjährige Eckkneipe, wo wir unser Wiedersehen unter Heizpilzen zelebrieren. Das Bier läuft in Strömen und auch ein hundertfaches „Eh hör ma dat" bekommen wir zu hören, da sich die Eingeborenen einfach dazugesellen und uns ein Ohr abkauen.

Irgendwann kommt der Wirt mit Eimer und Schrubber heraus und ruft: „Eh hör ma. Dat müsst ihr aber aufwischen." Ich habe leider direkt vor die Kneipe gekotzt.

Danach drückt mir der Rührer am Stehtisch ein neues Bier in die Hand und brüllt in die Runde: „Seid mal alle kurz ruhig! Hiermit nehmen wir El Rubio offiziell in die Einheit Unnormal auf. Prost ihr Säcke!" Für mich ist es ein denkwürdiger Abschluss eines legendären Abends.

Am nächsten Morgen wache ich voller auf, als so manch einer ins Bett geht, aber nach zwei Mettbrötchen und Kaffee ist alles wieder okay. Wir verabschieden Haue und Andi und steigen in den Zug nach Essen, wo wir eine Stunde Aufenthalt haben.

Stoni rät Keule zu Glühwein auf dem Weihnachtsmarkt, weil das gut gegen Sodbrennen sein soll. Im Bahnhofs-Kiosk verliere ich die Nerven und schleppe 12 Dosen DAB an, obwohl ich eigentlich nur Wasser holen sollte. Meine zweite Aufnahme-Runde für die Jungs.

Das Konterbier hilft und reicht bis Bad Oeynhausen, wo wir umsteigen müssen. Allerdings hat der Anschlusszug fast zwei Stunden Verspätung, sodass wir eine Stadt erkunden, die einzig aus dem Restaurant „New Orleans" zu bestehen scheint. Dort werden nämlich kühles Herforder aus der Kugel, Kräuterschnäpse und Spare Ribs serviert.

Stoni bemerkt, dass er seine Geldbörse auf Schalke gelassen hat. „Eh hör ma. Dat ist doch Kacke", murmelt er und sperrt mal schnell seine Karten.

Der Rührer fällt kurz vor der Weiterfahrt im SB des Bahnhofs in eine Bierpyramide und verstaucht sich dabei die Hand. Er kauft aber alle heruntergefallen Dosen und beruhigt damit den aufgebrachten Verkäufer.

Im Zug sind alle Beteiligten sehr gut gelaunt. Es läuft die Oi-Punk-Musik von Keule auf Anschlag. Bis er sie in Wolfsburg plötzlich ausschaltet. Eine Fußballmannschaft hat das Abteil betreten und bei genauerem Hinsehen erkennen wir, dass es das Jugendteam (wahrscheinlich die U17) von Hertha BSC ist.

„Jungs, hier seid ihr aber so was von falsch!", brüllt Billy sofort und Rambo ergänzt mit sautiefer Stimme: „Stadtmeister, Stadtmeister. Berlins Nummer eins!" Sein erster vollständiger Satz auf der gesamten Reise. Was für ein Statement!

Jedenfalls bleibt die Mucke jetzt aus, wir singen wieder Union-Lieder und spielen mit Keule „Betrunkene dekorieren", weil er eingeschlafen ist. Die Hertha-Kids und deren Betreuer tauchen nie wieder auf.

Mit zwei Stunden Verspätung erreichen wir den Berliner Ostbahnhof. Ich kann in meinem Zustand jetzt nicht nach Hause fahren, weil meine Regierung (Nadine) dort mit Arbeitskolleginnen beim Weihnachtsplätzchen-Backen sitzt.

Also überzeuge ich den Rührer, Zille und Keule, noch mit ins „Panenka" zu gehen. Wir schauen Bayern gegen Leverkusen und der deutsche Serienmeister verliert tatsächlich mal wieder ein Heimspiel.

An der Bar findet Billy zwei schwarze Geldbörsen in den Innentaschen der Jacke. Seine eigene und die von Stoni. Autsch!

Nach der Partie kotzt Keule eine Ladung Glühwein, Bier, Rippen und Jägermeister in eines der Pissbecken – genau als ich daneben stehe. Ich sage: „Schade um die Spare Ribs", und verdrücke mich schnell, bevor mir selbst wieder übel wird. Der Wirt kommt irgendwann mit Eimer und Lappen an uns vorbei.

Doch er brüllt nicht: „Eh hör ma. Dat müsst ihr aber wegmachen." Keule ist längst nach Hause getorkelt und wir anderen können es ja nicht gewesen sein, denn wir haben um 22 Uhr, nach einer 36-stündigen, epischen Reise, lediglich einen kleinen Schwips …

Heimsieg

Nein, ein Arbeitsmontag muss nicht immer Kacke sein! Wenn man spät beginnt, früh aufhört und das Rad am S-Bahnhof Ostkreuz geparkt hat, um damit bei strahlendem Sonnenschein zu einem Union-Spiel zu fahren, hält sich der Kotz-Faktor in Grenzen.

Der 12. August 2019 ist so ein Tag. Es ist das letzte Freundschaftsspiel vor der Premierensaison in der 1. Bundesliga und der FCU hat sich Lichtenberg 47 als Sparringspartner ausgesucht. Ein sympathischer Verein mit Tradition seit 1947, der im Mai 2019 erstmals in die Regionalliga aufgestiegen ist.

Das Hans-Zoschke-Stadion ist nur einen Katzensprung von meiner Wohnung entfernt. Es ist ein Stadion für Nostalgiker, denn eigentlich erinnert es an einen Platz für Dorfkicker, mit dazugehörigem Vereinsheim. Doch die Arena verfügt über 9.900 nicht überdachte Plätze, von denen 9.000 als Stehplätze ausgewiesen sind. Ringsherum stehen zudem 10-stöckige Hochhäuser, Marke DDR-Neubau.

Bei angenehmen Sommertemperaturen sind überraschend wenig Zuschauer gekommen (2.418 heißt es später). Vielleicht liegt es daran, dass Trainer Urs Fischer, nach dem erfolgreichen DFB-Pokalspiel am Vortag, angekündigt hatte, vor allem Spieler auflaufen zu lassen, die dort keine Einsatzzeit bekommen hatten.

Aber es spielen mit Polter, Kroos, Ujah, Friedrich und Neuzugang Subotic echte Hochkaräter mit. Die

Stimmung ist entspannt. Gegenüber singen die L47-Ultras, welche sich vornehmlich aus der Kneipe „Panenka" rekrutieren: „45, 46, 47 – Lichtenberg", während auf Unionseite vor allem Kinder herumkrakeelen. Auch etliche Bewohner des Monats aus umliegenden Seniorenheimen sind gekommen.

Die meisten Erwachsenen und Väter verpassen den Großteil der ersten Halbzeit, da die Bierversorgung noch auf Oberliga-Niveau organisiert und demnach für die Union-Sauf-Automaten unzureichend ist. Letztendlich entdecke ich aber etliche bekannte Gesichter aus dem „Rockz" und aus der „Tagung" in der Schlange, die dann immer gleich sechs Pils holen, sodass niemand unterhopft nach Hause gehen muss.

Obwohl der Partie ein wenig die Intensität fehlt, ist sie unterhaltsam, und im Ansatz sieht man auch, dass Union durchaus gepflegten Fußball spielen kann. Nach dem Spiel entern plötzlich über 200 Menschen das Feld. Platzsturm!

Doch es sind die Kleinsten, die in einer Art Kinderpolonäse ihren großen Helden auf der Jagd nach Autogrammen hinterher rennen. Besonders Neven Subotic ist bei den gemeinsamen Auslaufrunden gefragt. Lustige Szenen!

Ob das heutige 4 : 1 gegen Lichtenberg 47 allerdings ein Fingerzeig für das am Sonntag anstehende allererste Bundesliga-Match in der Geschichte des 1. FCU gegen RB Leipzig ist, wage ich zu bezweifeln.

Ist es nicht, denn Union kassiert eine böse 0 : 4-Packung. Die Mannschaft schien vor Ehrfurcht regelrecht erstarrt gewesen zu sein. Wir verlassen das Stadion zutiefst frustriert und in Sorge, ob das Team spielerisch überhaupt in dieser Liga mithalten kann. „Scheiß drauf", ruft Billy auf dem Rückweg zur S-Bahn. „Jetzt werden wir alles zerlegen, bis wir Deutscher Meister sind!"

Immerhin schießen sie in Augsburg das erste Tor durch Andersson und holen beim 1:1 den ersten Punkt in Liga eins. Doch jetzt kommt Borussia Dortmund an die Alte Försterei. Die waren schon ein paar Mal Deutscher Meister, DFB-Pokalsieger und auch die Champions League haben sie schon gewonnen. Nach dem 2. Spieltag sind sie zudem Spitzenreiter der Bundesliga und gerade in sensationeller Form. Die werden wir mit Sicherheit nicht zerlegen.

„Ich krieg zu Hause 'ne Krise. Wir treffen uns schon um 15 : 30 Uhr am Bahnhof", schreibt Zille im Chat. Mir passt das, denn seit dem Aufstehen kann auch ich kaum noch Stillsitzen. Die Partie beginnt um 18 : 30 Uhr als Topspiel des 3. Spieltags.

„Dein Vater scheint ja kein allzu großer Fußballfan zu sein", ruft Zille, als Anne in der nächsten Station, wie immer im zweiten Wagen von vorn, dritte Tür, zusteigt. Vater Billy ist gerade mit seiner Regierung (Frau Silke) im Urlaub in den USA. Seine Karte darf Annes Freund Snoopy haben, der nur deshalb von Billy als Partner seines Kindes akzeptiert wird, weil er sich früh für Union entschieden hatte.

Ich halte lieber die Schnauze, denn letztendlich bin ich in dieser Saison genau auf solche Ausfälle von Dauer-karten-Inhabern angewiesen. Erstmals wurden die freien 5.500 Tickets für das Heimspiel verlost und ich war einer der Glücklichen.

„Vaddern ist jetzt schon auf W-LAN-Suche in Kalifornien", sagt Anne lächelnd.

Jeder von uns weiß, wie sehr es ihn schmerzt, dem BVB heute (sinnbildlich) nicht persönlich in den Arsch treten zu dürfen. „Jetzt" ist bei ihm gerade früh morgens.

In Köpenick sind noch immer fast 30 Grad im Schatten am Warsteiner-Stammtisch neben der Abseitsfalle. Wie gewohnt, stehen vier volle Berliner Pilsner vom Fass dank Marx auf dem Sockel. Das kühle Getränk läuft durch meinen Körper wie durch einen Durchlauferhitzer, denn es kommt augenblicklich als warmer Schweiß aus allen Poren wieder heraus.

„Wenn wir heute gewinnen, lasse ich die ‚Falle' mit Disco-Schaum fluten", sagt er „und 10 nackte Frisösen catchen vor dem Stammtisch, bis wir die Kneipe komplett leergetrunken haben", ergänze ich. Das ist schon ein Klassiker geworden.

Nach und nach trudeln die anderen Hotten ein und ich wundere mich, was für dünne Beine einige meiner Freunde haben, denn alle tragen heute untenherum

„kurz". Das Oberteil ist überall rot, denn obwohl die „Szene Köpenick" heute 20.000 T-Shirts kostenlos im Stadion verteilen will, setzen wir schon vorher „alles auf Rot".

Die Stimmung der „Einheit Unnormal" ist herausragend und selbst der Kult-Autor Mikis Wesensbitter kommt mit Sohn Mini auf ein Durchlauf-Bier vorbei. Eigentlich treffe ich heute jeden, den ich irgendwie mit Union in Verbindung bringe, und auch Trueman hat bei der Verlosung Glück gehabt. Den mögen hier alle sofort.

„Auf den Rührer, ihr Säcke!", ruft Stoni und erhebt seinen Becher. Wir prosten ihm zu und Haue brüllt: „Der ist halt in die erste Liga gezogen, um dann Urlaub zu machen!" Andi pariert mit Haues Spezialität: „Was ist der Unterschied zwischen Haue und einer Batterie?" „Die Batterie hat auch eine positive Seite!"

Da wir wieder mal lange auf Keule warten müssen, traben wir erst spät in Richtung Stadion. Der Kassenbereich ist relativ leer. Zum einen, weil ja sowieso keiner mehr eine Karte mehr kaufen kann, zum anderen, weil sich drinnen schon viele um die roten Nickis kabbeln. „Nehmt Euer Herz in beide Hände" steht darauf.
Es war das Motiv, welches im Relegationsspiel gegen Stuttgart von den Ultras der Waldseite emporgezogen wurde. Heute werden 20.000 Leute das Union-Herz auf der Brust tragen – und sei es wie ich in XXXL, weil es nichts anderes mehr gab.

Für die Zuschauer im TV muss das ziemlich beeindruckend aussehen, besser noch als im Pokalspiel mit den roten Regenjacken in Dortmund, da von den Kameras ja fast immer nur die Heim-Fans eingefangen werden. Wäre die Alte Försterei eine spanische Stierkampfarena, würden die Tiere heute komplett durchdrehen.

Ich frage mich, warum es gegen Dortmund so besonders ist. Eigentlich ist es dem Hardcore-Unioner doch scheißegal, ob es gegen den BVB oder gegen Traktor Boxhagen geht. Doch hier liegt der Fall ein bisschen anders. Die meisten können wahrscheinlich noch immer nicht glauben, dass Union gegen die Schwarz-Gelben, nach den Pokalspielen, nun wirklich auch in der 1. Fußball Bundesliga kickt.

Ein Union-Fan singt die Nina-Hagen-Hymne für TV-Kameras normalerweise nicht extra laut oder brüllt die Waldseiten-Lieder euphorischer für Sky. Keiner will vor den Bildschirmen beweisen, dass Union „Kult" ist. Sie haben heute einfach nur besonders gute Laune bei strahlendem Sonnenschein und nach fünf Vorglüh-Bieren. Und ein gewisser Stolz spielt natürlich auch eine Rolle.

„Ein Mythos begann zu leben", lautet das Motto der Choreografie der Ultras. „Und er wird niemals vergessen: Eisern Union", kommt ein zweites Spruchband im Anschluss zum Vorschein, zu der eine Fahne mit Trainer Urs Fischer in Jubelpose an einer Seilkonstruktion an der Waldseite hochgezogen wird.

Als das Spiel beginnt, steht die Sonne noch immer nicht tief genug. Ich bin klitschnass geschwitzt. Die Haare kleben am Kopf, wie nach einer Bierdusche, obwohl noch gar nichts passiert ist. Bis zur 22. Minute. Nach einer Ecke kommt Bülter im Strafraum an den Ball und donnert ihn ins rechte Toreck. Das erste Heimtor in Liga 1 lässt das Stadion erzittern, doch nur drei Minuten später gleicht der bisher eher unauffällig spielende BVB leider aus.

Mitte der ersten Halbzeit kommt es zu Tumulten an der Plexiglasscheibe zwischen Sektor 4 und dem Gästeblock. Wir sehen nicht genau, was da los ist, nur, dass sich auch ein paar Unioner auf dem Dach über den BVB-Fans befinden.

Die packen erstmal ihre Zaunfahnen ein. Bullen sind auch im Block zu sehen und Schiri Brych unterbricht die Partie kurz.

Wir werden wahrscheinlich erst morgen erfahren, was da los war, spüren aber alle, dass es heute heiß hergeht.

Ein packendes Spiel geht mit 1 : 1 in die Pause. In dieser holen alle aus der Truppe, ohne sich vorher abzusprechen, Hektoliterweise Bier, was sofort verdampft, erst recht, nachdem zu Beginn der zweiten Halbzeit auf beiden Seiten tausendgrad heiße Pyrotechnik gezündet wird. Was für ein emotionales Match!

Und es wird noch krasser. Andersson schnappt sich in der 50. Minute den Ball und zieht in Richtung Strafraum. Dort lässt er gekonnt Fußball-Weltmeister (!)

Hummels aussteigen und zieht ab. Der BVB-Torwart hält zwar, aber der Abpraller landet bei meinem neuen Lieblingsspieler „Bülti", der das Ding eiskalt versenkt. Marius Bülter ist ein Spieler, der vor wenigen Monaten noch in der Regionalliga für den SV Rödinghausen auf einem Niveau von Lichtenberg 47 kickte. Wir kleben nach dem Jubel minutenlang aneinander mit einem Klebstoff aus Adrenalin, Schweiß und Bier.

Danach hat Union die Borussen im Griff. Obwohl mir im Spiel natürlich aufgefallen war, dass der BVB viel mehr Ballbesitz hat, scheinen sie sich dann doch von den Emotionen in der Stierkampfarena beeinflussen zu lassen, denn es gelingt ihnen fast nichts mehr. Ein Stadion mit drei Stehplatz-Tribünen schüchtert vielleicht auch einen Verein ein, der bei sich zu Hause vor der „Süd" spielt.

Fast schon folgerichtig drückt Sebastian Andersson in der 75. Minute das 3 : 1 über die Linie. Man kann es nicht vergleichen, aber im Prinzip flippen 20.000 Unioner genauso aus wie nach dem Schlusspfiff gegen den VfB Stuttgart in der Relegation zur 1. Bundesliga.

Die „Einheit Unnormal" in jedem Fall, und wäre der Rührer heute anwesend, flögen wir nicht nur zwei Reihen die Stufen hinunter.

Der Premieren-Sieg ist uns, trotz sieben Minuten Nachspielzeit, nicht mehr zu nehmen. Frenetischer Jubel schallt hinüber bis zur Altstadt von Köpenick.

„Wir sind in der ersten Bundesliga, wir schießen Tore und wir gewinnen gegen den BVB mit 3 : 1!". Das singt zwar keiner, aber es fühlt sich so gut an.

Anne steht plötzlich neben mir, umarmt mich, das verschwitzte Ding, innig und bittet Snoopy, ein Foto von uns zu machen. Wir beide, mit auf der Stirn klebenden Haaren, mit großen, ungläubigen Augen, vor der jubelnden Meute und mit durchdrehenden Union-Spielern im Hintergrund auf dem Platz. Ich zeige drei Finger in die Kamera und Anne neben mir den Daumen für ein Tor des Gegners.

An der „Falle" zeigt sie mir die Nachricht ihres Vaters: „Ich bin noch immer fix und fertig. Aber ihr ja wohl auch. Euer Foto habe ich gerade an alle Kontakte meines Telefons geschickt. Wahnsinn! Geil! Eisern! Ihr seht so stolz und glücklich aus!"

Am Stammtisch treffen wir auch die anderen wieder. Nach zig Nachbetrachtungs-Bieren verabschieden sich alle nach Hause, wo sicher noch ein Heimsieg-Schnaps wartet. Ich wandere irgendwann mit einer kleinen Truppe los, die aus Trueman, Anne, Snoopy, Mikis und seinem Sohn Mini besteht. Unter der Bahnbrücke schreit der Kleinste plötzlich ultralaut: „Eisern!" und viele Ältere antworten mit „Union!"

Der Zehnjährige freut sich und singt auf dem Weg zum S-Bahnhof alle Lieder, die er an der Alten Försterei jemals gehört hat. Und das sind viele!

Auf dem Bahnsteig fährt gerade der Zug in Richtung Ostkreuz ein. Unkoordiniert entern wir einen Wagon und ich bemerke erst nach der Abfahrt, dass jetzt nur noch Trueman, Anne, Mini und ich anwesend sind. „Ist ja wie bei der Einheit", sage ich und dann: „Mikis und

Snoopy sind bestimmt im Wagen vor uns!"

Bei meinem Handy ist die Batterie leer und bei Anne leider auch, sodass wir das nicht verifizieren können. Trueman sagt: „Also ich glaube, die wollten noch ein Weg-Bier im Bahnhof holen."

Mini und Anne scheint das völlig egal zu sein. Sie springen randalierend durch den Zug, schlagen mit der Hand an die Fensterscheiben und alsbald singt die komplette Bahn: „Dem Morgengrauen entgegen, zieh'n wir gegen den Wind. Wir werden alles zerlegen, bis wir Deutscher Meister sind. FC Union du sollst leuchten, wie der hellste Heiligenschein. Und überall wird es schallen: FC Union unser Verein."

„Lalalalalalalala." Mittlerweile hüpften 50 Leute und alle haben dieses Leuchten in den Augen. Am Betriebsbahnhof steigt Anne mit geröteten Gesicht aus und ich in Rummelsburg. Trueman fährt mit Mini bis zum Ostkreuz.

Das Ende der Geschichte erfahre ich erst nach Mitternacht, als mein Akku wieder geladen ist. Natürlich war Mikis keineswegs im anderen Wagon gewesen.

Mini fing am Ostkreuz an zu heulen, bevor er mit Vollspeed losgerannt war – und Trueman hinterher. Letztendlich schnappte er ihn am Schlafittchen und brachte ihn direkt bis vor die Haustür, obwohl er den Kleinen vorher gar nicht kannte. Die Mutter des Kindes war wohl nicht gerade hocherfreut.

Mikis schreibt mir um 1 Uhr Nachts: „Das muss er ja auch mal lernen. Weißte noch, wo wir nach einem Spiel in der Nacht früher immer gelandet sind?"

Ich weiß es nicht mehr genau, aber in der S-Bahn einzupennen und dann in Erkner oder Bernau in eisiger Kälte herumzustehen war tatsächlich ein Lernprozess.

Heute war es warm, regelrecht heiß, bei einem Spiel, das zur Legendenbildung des glorreichen 1. FC Union Berlin beigetragen hat. Und Mini war mit dabei und wird eines Tages sicher noch stolzer darauf sein.

Auswärtssieg

Ungeschriebenes Gesetz: „Wie der Vater, so der Sohn
– Eisern Union!" Für Billy mussten sie den Spruch allerdings irgendwann umformulieren: „Generation für
Generation – Eisern Union!", da er ja eine Tochter bekommen hatte. Er erzählte mir mal, dass Anne anfangs
nur deshalb immer wieder mitgekommen war, weil
sie durch das Sammeln leerer Bierbecher ihr karges
Taschengeld deutlich aufbessern konnte. Das waren
damals schon viele. Heute fließt das Pfandgeld in die
Gruppen-Kasse für die Jahresabschlussfeier.

Zu Union gehen etliche Frauen und junge Mädchen.
Über 20 % der Mitglieder sind weiblich. Ich finde das
gut, weil man ja nicht ausschließlich von rülpsenden
Typen mit rotgeäderten Pfirsichnasen und glasigen
Augen umgeben sein will, deren Zittern erst nach dem
dritten Berliner Pilsner aufhört. Okay, trinkfest sind die
allermeisten Zech-Schwestern auch und einige rülpsen
sogar.

Von meiner Seite waren bisher, bis auf das Weihnachts-
singen, nur Nadine und Wendy zu Zweitliga-Zeiten
mit dabei, aber beim Match gegen Gladbach war noch
eine Karte frei und so verhalf ich Wendy zu ihrem ersten Bundesliga-Spiel des 1. FC Union in Liga 1. Da wir
den damaligen Tabellenführer sensationell mit 2 : 0
zurück an den Niederrhein geschickt hatten, wäre sie
sogar Führende in der internen Tabelle der „Einheit

Unnormal" gewesen – dürfte sie dort mitmachen.

In dieser wird gewertet, bei wie vielen Union-Spielen man in der Saison anwesend war, wie viele Punkte Union dort geholt hat und der Durchschnitt ermittelt.

Wendy hätte demnach ein Spiel, drei Punkte und einen Schnitt von 3,0. Regulär führt Haue, der ein Spanferkel gewänne, und ganz hinten liegt der Rührer. Der Letzte kriegt einen blau-weißen Hertha-Schlüpfer.

Wendy trägt eher grün-weiße Slips, da sie im Inneren ihres Herzens Werder-Fan ist. Natürlich wollte sie deshalb auch ins Weser-Stadion, wenn der 1. FCU dort am 8. Februar 2020 antritt. Doch niemand erbarmte sich, mit in den Bremer Block zu kommen. Also besorgte ich ihr eine Karte für die Gästefans.

Die Konstellation ist ungünstig, denn mit den drei Jungs, die an jenem Wochenende hinfahren, habe ich bisher den wenigsten Kontakt, abseits von Union. In meinem Friedrichshainer Kiez treffe ich sie jedenfalls nur selten.

Marx, Rambo und Stoni hatten sich bereits ein Hotel besorgt und auf eine Auto-Anreise geeinigt. Also buche ich dort noch ein Zimmer und bequatsche Marx, zu fünft in seiner Kiste zu fahren.

„Ich muss ja nicht hinten sitzen", antwortet er und damit ist die Sache überraschend schnell geklärt. Stoni ruft mich einen Tag vorher an: „Hör ma, ich hab am Knie und will vorne sitzen." „Na schade, dann muss ich wohl mit Rambo auf die Rückbank und wir beide losen, bei wem Wendy im Zimmer pennt", antwortete ich. „El Rubio, warte mal ...", kommt es von der anderen Seite der Leitung und ich ahne, dass auch diese Reise lustig werden kann.

Als ich mit Wendy um 7 : 30 Uhr zum Treffpunkt fahre, merke ich ihr eine gewisse Nervosität an. Ich reiße manchmal ziemlich derbe Sprüche und die anderen drei Hotten kennt sie nicht. Doch niemand begrüßt sie mit: „Da ist ja unsere Reise-Matratze", sondern alle sind überaus höflich.

Marx fährt einen Mercedes GLC, in dem man auch hinten, mit der schmalen Wendy in der Mitte, ganz gut sitzen kann. Es ist sein Dienstwagen mit Frankfurter Kennzeichen: F-CU .... wie cool. Die ersten 200 Kilometer vergehen wie im Flug und an einer Raststätte kaufen wir um 10 Uhr Dosenbier für 2,49 € das Stück.

„Seid ihr bescheuert, oder was?", fragt Marx und deutet auf den Kasten Berliner im Kofferraum. „Den wollte ich nicht allein trinken", ergänzt er und stellt ein Foto von der Situation in die WhatsApp-Gruppe.

Billy, der gerade mit Zille und Haue im Skiurlaub ist, meldet sich zu Wort: „Trinkt eins für mich mit und haut sie weg!"

Zille schreibt: „Übrigens haben wir die Regeln in der Tabelle geändert: Auswärts bekommt man jetzt für pure Anwesenheit 2 Punkte, bei Remis 3 und für einen Sieg 4 Punkte. Damit sich die Anreise auch lohnt."

Ich antworte: „Auswärtssieg!" und weiß, dass wir die ersten wären, die einen solchen in der 1. Bundesliga erleben würden, da niemand aus der Truppe in Mainz mit dabei gewesen war.

Jetzt meldet sich auch noch Haue aus der Ferne: „Was ist der Unterschied zwischen Wendy und der Titanic?" „Bei der Titanic wusste man, wie viele drauf waren." Alle im Wagen grinsen und zum Glück ist Wendy nicht im Chat.

Bei der zweiten Rast hat Stoni den Kasten Bier schon wieder vergessen und schleppt erneut Dosen aus der Halbliter-Klasse an. Gegen 12 : 30 Uhr erreichen wir die Bremer Neustadt und unser Guesthouse. In die Zimmer kommen wir noch nicht hinein, können aber wenigstens schon die Schlüssel holen. Am Auto trinkt Fahrer Marx (in alter Rührer-Tradition) erstmal zwei Berliner auf ex aus dem Kofferraum-Depot.

Nach drei Straßenbahn-Stationen befinden wir uns „Am Brill" direkt an der Weser und kehren ins „Paulaner" ein, wo wir draußen in einem beheizten Fass Plätze kriegen. Bei Weißwürsten und Bier tauen alle auf und Stoni fragt: „Wendy, wer pennt denn nun eigentlich bei dir im Zimmer?"

„Alle nacheinander!", murmelt Rambo seine ersten zwei Worte des Tages. Und Marx: „Nee, einer pro Tor!" „Jungs, 0 : 4 wird es wohl kaum ausgehen. Ich bestelle mir jetzt erst mal 'ne Haxe. Prost ihr Säcke!", ruft Wendy, die sich wohl zu fühlen scheint und den Jungs noch immer nicht verraten hat, dass sie eigentlich eine grün-weiße Fischfrau ist.

„Hauptsache wir verlieren nicht. Ist ja ein echtes

6-Punkte-Spiel", gibt Marx den Philosophen. „Ein 8-Punkte-Spiel", vermeldet Stoni und auch, dass diese Phrase eine Runde Kräuterschnaps nach sich zieht.

Dann laufen wir gut gelaunt an der Weser entlang zum Stadion, da es nur wenige Kilometer sind. Eine gute Entscheidung, denn überall verkaufen fliegende Händler Bierwaren und die Bremer Fans machen keinerlei Stress, wenn sie Rot-Weißen begegnen. Sogar mit einem Boot hätten wir zum Stadion schippern können.

Wir müssen alle mal pinkeln. Wendy verschwindet auf einem Hügel in die Büsche und wir stellen uns direkt davor auf: „Damit sie schon mal vergleichen kann", ruft Stoni. Aus dem Gebüsch kommt: „Ich kann euch hören!"

Auf dem Rückweg stolpere ich, mache drei schöne Vorwärtsrollen den Hang hinab und stoppe direkt vor einem Getränke-Wägelchen mit Telemark-Landung. Ich bleibe unverletzt und kaufe eine Runde Becks beim verdutzten Verkäufer.

Marx trifft einen Bekannten: „Hey, du hast ja den Union-Verl-Schal. Geil. Sag mal, sind deine Kumpel eigentlich alle so bekloppt?", er deutet auf mich. „Und lebt der Typ noch, mit dem du in Düsseldorf warst?" Marx reagiert entspannt: „Klar, der ist gerade Skifahren."

Später erzählt er uns, dass der Rührer gemeint war, der nach dem 1:1 von Parensen fünf Reihen hinuntergestürzt war und etliche Leute wohl dachten, dass er sich bei dieser Aktion das Genick gebrochen hatte. „Ja, er lebt noch, stirbt nicht!", singt Stoni und Marx ergänzt: „Wir werden ewig leben!", während wir weiterlaufen.

Der Weg ist einer der schönsten, den ich jemals zu einem Stadion gelaufen bin. Immer am Fluss entlang, sieht man die Arena nach einer Kurve irgendwann klein in der Ferne glitzern und kommt ihr dann immer näher. Mit seinen Solarplatten an der Außenfassade und den Flutlichtmasten sieht das Weserstadion wie ein leuchtendes Raumschiff mit vier großen Außenantennen aus.

Wir laufen genau auf den Einlassbereich der Gästefans zu und treffen vor dem Union-Barkas mit Caro noch eine Frau, die zur erweiterten Truppe gehört, denn bei fast allen Auswärtsspielen ist sie, meist zusammen mit Sohn Martin, dabei. Sie freut sich, dass wenigstens Rambo eine Stehplatzkarte hat und sie zur enorm langen Schlange vor dem Eingang begleitet.

Wir anderen haben „Sitzplätze" und sind in nur fünf Minuten durch die Schleusen.

Marx will Bier kaufen, bekommt aber erklärt, dass er zunächst seine VISA-Karte an einem anderen Stand aufladen muss. Er zögert nicht lange und packt 100 Euro drauf. „Haste heute noch was vor?", frage ich. „Nee, Durst!"
Mit zwei vollen Trägern Haake Beck erreichen wir Block 19 und stellen uns, obwohl ich Reihe 4 habe, zusammen direkt unter das Dach, weil wir dort alle Platz finden.

„Endlich bin ich mal im Weser-Stadion", murmelt Wendy neben mir und ich staune, dass es für sie als Werder-Fan das erste Mal ist. Außerdem denke ich an den Rührer, der das sonst immer auf neuen Plätzen verkündet.

Caro schreibt aus ihrer Sektion, dass sie noch immer nicht drin wären.

Die Kurve schräg gegenüber sieht schon total überfüllt aus und kurz vor Spielbeginn explodiert sie regelrecht in gelbem Pyro und hunderten gelber und roter Luftballons. Zusammen mit den rot-weißen Fahnen ergibt das eine schöne Symbiose und wieder einmal fällt mir auf, wie urgewaltig unsere Ultras rüberkommen können. Von der gegnerischen Seite, die am Dienstag im TV noch gigantisch laut gewesen war, als Dortmund im Pokal mit 3 : 2 weggehauen wurde, höre ich nichts. Das Spiel beginnt ...

Union steht tief und lässt Werder kaum Räume, sodass es bis zur 27. Minute dauert, ehe sie überhaupt eine nennenswerte Chance haben. Unsere Mannschaft zeigt sich fast gar nicht im gegnerischen Strafraum und deren Torwart wird nicht ein einziges Mal ernsthaft geprüft. Mit dem 0 : 0 zur Pause können wir sicher besser leben als das abstiegsbedrohte Heimteam.

Keule schreibt in der Halbzeit in die Gruppe: „Im Union-Forum steht, dass noch immer nicht alle Unioner im Block sind." Caro bestätigt es von ebenda: „Wir kommen gar nicht mehr raus und nach oben. Es ist so eng, dass die Jungs um mich herum in ihre Becher pinkeln." Rambo äußert sich nicht dazu.

Wir hingegen können entspannt in unserem gemischten Block aufs Klo gehen, wo mir ein Bremer erklärt: „Ihr seid ja ganz schön laut. Durchgehend! Erlebt man hier nur selten." Marx ist derweil am Haake-Beck-Stand versackt, während Wendy leere Bierbecher tauscht, um möglichst viele mit dem Konterfei von „Pizza" Pizarro zu ergattern – ihrem Lieblingsspieler in der Bundesliga.

Nach der Pause geht Union in die Offensive. Andi kommentiert das Spiel im Chat wie Ulli Potowski für die Skiurlauber. „Jetzt!", schreibt er gerade.

Zunächst scheitert Andersson per Kopfball noch knapp am Keeper, doch dann spitzelt „Bülti" in der 52. Minute den Ball nach einem Konter über Malli und Lenz ins Bremer Tor. Wir flippen komplett aus: „Jaaaa!"

Die Runde Bier war für den Arsch, bzw. für den Kopf. Nur Wendy kann sich nicht freuen und Stoni fragt: „Was ist denn los mit dir?" „Na ich bin ja eher Werder-Fan", murmelt sie leise. „Mein Beileid", antwortet er und nimmt sie in die Arme. Marx schaut fragend zu mir herüber.

Die Werder-Kurve erwacht, als wir beide in den Katakomben neue Suppen holen. Anscheinend haben sie nun einige Chancen, doch einen Torjubel können wir nicht vernehmen. Zurück am Platz, noch immer dasselbe Bild: Bremen drückt – Union hält dagegen. In der 72. Minute scheitert Andersson zunächst am Torwart, aber „Bülti" drückt den Ball im Nachschuss über die Linie, was wir

– trotz Rettungsaktion – mit bloßem Auge erkennen können. Die nächste Bierdusche!

Von den 100 Euro landen sicherlich 50 auf dem kalten Beton des Bremer Weserstadions. Egal, Union führt auswärts mit 0 : 2. Wie geil ist das denn bitteschön?

Auch die Kurve gegenüber rastet komplett aus und nachdem sich alle ein wenig beruhigt haben, stimmen sie an: „FC Union du wirst siegen, glaub an dich und es wird wahr, die erste Bundesliga ist für uns nun endlich da. Die Zeit ist nun gekommen, ihr werdet's alle sehen, der 1. FC Union wird nun endlich oben steh'n".

Beim „Zwischen-Ale" nehmen wir Wendy in die Mitte und singen gemeinsam die zweite Strophe: „… mit uns an deiner Seite wirst du niemals untergeh'n."

Das alles hat so viel Power, dass Wendy ein Tränchen entweicht. Vielleicht überlegt sie ja gerade, ob Union vielleicht auch eine Möglichkeit ist? In der 77. Minute wird „Pizza" eingewechselt, aber er kann auch nichts mehr reißen. Auswärtssieg!

Draußen treffen wir einen – für seine Verhältnisse – euphorischen Rambo und Caro wieder, die heute leider noch zurück muss. Der nun schon leicht schwankende Marx kauft die nächste Runde Becks und gemeinsam laufen wir an der Weser zurück in die Innenstadt.

Kurz vor dem „Brill" stehen vier grobschlächtige Grün-Weiße und rufen relativ aggressiv: „Da sind ja die kranken Unioner!" Nun würde ein böser Blick von Rambo wahrscheinlich reichen, oder im Zweifel eine seiner berühmten Ordnungsschellen, dann wäre ziemlich lange Ruhe, aber Wendy läuft an denen vorbei und zeigt ein Kärtchen. „Die hier sind in Ordnung", ruft sie und wir passieren die Typen ohne weiteren Stress.

„Was war das denn?", frage ich. „Na meine Werder-Mitgliedskarte", sagt sie ganz unverblümt. Meine Freunde glauben in diesem Augenblick wahrscheinlich, dass sie sich gerade im völlig falschen Film befinden.

In einer Raucherkneipe schauen wir das Abendspiel zwischen Leverkusen und Dortmund, welches Bayer furios mit 4 : 3 gewinnt, dann suchen wir ein Restaurant und landen, nachdem der Grieche zu ist und der Spezialitäten-Syrer Fußballfans ablehnt, bei einem dubiosen Italiener. Der Laden wirkt, als ob sie hier Drogen verkaufen, oder Geldwäsche betreiben. Auf einer Zwischenetage zum Klo sitzen Typen, die aussehen, als wären sie gerade gelandete Boots-Flüchtlinge.

Falsch! Die Besitzer sind äußerst zuvorkommend, das Essen ist grandios und die Jungs liefern einfach nur Pizza aus. Letztendlich landen wir wieder in unserer Stammkneipe, wo mittlerweile gute Musik läuft und uns alle, sogar die betanzbaren Frauen, irgendwie mögen. Wir sind aber auch sehr gut gelaunt!

Stoni fragt den Barkeeper zu später Stunde – Marx pennt schon fast mit dem Kopf auf dem Tisch – ob sie auch Stonsdorfer hätten. Haben sie nicht, stattdessen kauft er Mexikaner und Inwerkaner (Ingwer mit Tequilla), der wie Klo-Stein mit Sperma aussieht und fast genauso schmeckt. Noch immer waren wir nicht im Hotel.

Wir schicken ein Bild von Wendy, Stoni und mir in enger Umarmung in die Gruppe. Der Rührer schreibt: „Kauft euch 'ne Runde auf meine Kosten." Haue ergänzt: „Und danach würfelt ihr um das Weib." Ich lache mich schlapp, als Stoni die nächste Runde holt und auch ein Würfelbecher auf seinem Tablett steht.

Zille meldet sich: „In unserer Tabelle seid ihr Helden ja schön nach vorn gerückt." Richtig, wir sind die ersten der „Einheit Unnormal", die jemals vier Punkte für einen Auswärtssieg des 1. FC Union gewonnen haben.

Wendy bekommt das mit und sagt: „Und ich bin jetzt ganz vorn: zwei Spiele, sieben Punkte, mit einen Durchschnitt von 3,5 pro Spiel."

Von den anderen erwarte ich in diesem Augenblick beinahe den Satz: „Biste aber nicht, du Werder-Fischfrau", aber er kommt nicht. Ganz im Gegenteil.

Rambo, der auf dieser Fahrt bisher etwa sechs Worte gesprochen hat, steht plötzlich auf, erhebt sein Glas und ruft in die Runde: „Hey Jungs, hey Wendy, das war heute ein richtig gelungener Ausflug mit euch!"

Ich bin gerührt und versuche, ihn zu umarmen. Er ist zu breitschultrig dafür. Meine Finger berühren sich hinter seinem Rücken nicht. Ich flüstere ihm ins Ohr: „Auswärtssieg!" – und danach wird gewürfelt …

Spitzenreiter

Nur die Glocken des Heiligengeistfelds weisen den Weg in die Hölle. Diese ist vollgestopft mit braun oder ganz in schwarz gekleideten Wesen – ein Totenkopf ist ihr Symbol. „Hells Bells!" Mit einem erwartungsfrohen Gesicht betreten sie das Millerntor.

Der FC St. Pauli spielt gegen den 1. FC Union Berlin. Als ich am 10. April 2012 bei leichtem Nieselregen die Gegengerade in Block G erreicht habe, schnellt eine Faust von rechts nach vorn in Richtung meines Kinns. In dieser Faust steckt ein goldfarbenes Astra und Steve brüllt: „Moin El Rubio!" Ich schaue mich um und stelle fest, dass heute all meine Hamburger Freunde gekommen sind.

Wie bei einem Klassentreffen blicke ich in Gesichter von Menschen, die ich seit ewiger Zeit nicht mehr gesehen habe. Uns alle verbindet ein Erlebnis, dass wir ein Leben lang nicht vergessen werden. Das Spiel beginnt ...

Anfang der 90er waren Bernd und ich nach Hamburg gegangen, um Kohle für eine Weltreise zu verdienen. Fußball spielte seit dem Mauerfall für mich eine äußerst untergeordnete Rolle. Ich war seitdem zu keinem einzigen Spiel einer ehemaligen Oberliga-Mannschaft im Stadion gewesen.

Durch Zufall zogen wir in ein WG-Zimmer nach Altona zu einem gewissen Roman. Wir verstanden uns auf Anhieb blind mit ihm und seinen Freunden.

Kein Wochenende mehr ohne Matjesbrötchen, nach

durchzechter Nacht auf dem Fischmarkt. Kein noch so zeckiger Laden, in dem wir nicht unsere Kicker-Kenntnisse erweitern mussten und niemals ein Astra oder Jever, welches das Allerletzte war. „But alive" die ganze Nacht – „Hangover light" am Tag danach. Roman und sein Trupp wurden Freunde fürs Leben.

Die Ost-West-Kiste hatte damals noch einen höheren Stellenwert, doch mit den Jungs konnte man auf Augenhöhe debattieren und sich vor allem bis zum „Geht-nicht-mehr" gegenseitig hochziehen. Bei einer Sache verstanden sie allerdings überhaupt keinen Spaß. Die Ossis wurden erst gar nicht gefragt, zu welchem Verein an der Elbe sie gehen wollen. Also doch wieder Fußball. Auf zum FC St. Pauli.

Zwei Jahre später: Ein fürchterlich anzuschauendes 0 : 0 gegen Wolfsburg war der Start in die Saison 1994/95 des Vereins, der besonders im Kiez rund um St. Pauli und Altona innig geliebt wird. Die lediglich 15.400 Zuschauer sprachen jedoch dagegen, dass er übermäßig „Kult" war. Diese Spielzeit schien sowieso komplett in die Hose zu gehen, da sich das Team am nächsten Spieltag bei Hansa Rostock eine 0 : 3-Klatsche holte und im zweiten Heimspiel wieder nur Unentschieden (1 : 1) gegen Mannheim spielte. Spiel 4 ging 2 : 3 in Meppen verloren.

Trotzdem! Ich war schon lange „angezeckt" vom extrem maroden Stadion am Heiligengeistfeld, in dem es, wie 1986 bei Union, nach filterlosen Zigaretten, nach verkohlten Salzbrenner-Würsten, fauligem Holz, nach Bier, Pisse, Modder und Schweiß roch. Ich war dort umgeben von schwarz gekleideten Gestalten, Pennern, Mumien, Säufern und Punks – aber auch von etlichen attraktiven Mädchen.

Vor jedem Eckstoß holten sie, wie alle anderen, ihre Schlüssel aus der Tasche. Ein kollektives Klingeln breitete sich dann – von der Gegengerade ausgehend – im Stadion aus. Neben meinen Spezis Kaschi und Steve lernte ich auch all die anderen Verrückten aus Romans Freundeskreis kennen, die eine bedingungslose Fußballleidenschaft verband und die manchmal sogar den Schlüssel einer der Frauen nach dem Spiel vor deren Wohnungstür wieder zu Gesicht bekamen.

Wie durch ein Wunder eroberte das Team am 19. Spieltag, nach einem 2 : 0 im Rückspiel gegen Hansa, erstmals die Tabellenspitze. Danach folgte eine Achterbahnfahrt mit Siegen, Niederlagen und sechs Unentschieden, doch vor dem letzten Spieltag am 18. Juni 1995 musste nur noch gegen den bereits feststehenden Absteiger aus Homburg gewonnen werden, um in die 1. Bundesliga aufzusteigen.

Nein, es war nicht „meine Saison mit St. Pauli", denn ich war nicht bei allen Partien dabei gewesen, hatte nicht schon seit Jahren eine Dauerkarte und mein Herz wurde nicht von braunem Blut gespeist. Aber ich war irgendwie mit dabei – auch bei dem Match, zu dem sich 21.000 heißblütige Zuschauer ins Stadion zwängten. Sankt Paulis Hölle bebte damals auch ohne Ultras!

Da es mit der Karten-Versorgung etwas schwieriger gewesen war, standen wir weit verstreut im Stadion mit den alten Holztribünen, hatten aber ausgemacht, dass wir uns alle nach Abpfiff am Mittelkreis treffen würden.

Sawitschew, Driller, Pröpper und zweimal Scharping schossen die Mannschaft zu einem ungefährdeten 5 : 0. Das Millerntor bebte, wie ich es nie zuvor (und danach) erlebt habe. Napoli-Feeling in der Stadt an der Elbe. Alle warteten ungeduldig am Spielfeldrand auf den Schluss-pfiff, alle waren vollgepumpt mit Bier und Adrenalin, alle strahlten. Es ging los!

Wie die Bekloppten enterten wir das Spielfeld und jagten die Aufstiegshelden, um ihnen die Klamotten vom Leib zu reißen. Plötzlich erklang die Stimme des Stadionsprechers, der uns anflehte, den Rasen wieder zu verlassen, da das Spiel noch nicht abgepfiffen sei. Scheiß drauf – immer mehr Leute stürmten den heili-gen Platz. Letztendlich war es dem Schiri zu verdanken, dass es keine Strafe oder gar ein Wiederholungsspiel gab. Eigentlich hatte er in der 87. Minute auf Strafstoß für St. Pauli entschieden, deutete seine Geste später aber als „Abpfiff" um.

Wir durften bleiben, lagen uns mit wildfremden Men-schen in den Armen und rissen Erinnerungs-Grasnar-ben aus dem Spielfeld. Filmreife Szenen am Millerntor.

Meine Freunde traf ich im diesem Chaos nicht, doch am Mittelkreis umarmte mich Sophia. Es war jenes at-traktive Mädchen, welches ich seit etlichen Heimspielen verstohlen von der Seite angeschaut hatte. Blonde Traumfrau in braun-weiß. Auch sie hatte ihre Leute verloren und ging spontan mit mir auf den Kiez zum „Dock's", wo sich die Mannschaft feiern ließ. Dann nahm sie mich mit zu sich nach Hause – zum Vögeln. Erste Bundesliga. Erste Paulianerin. Reihenfolge unklar!

Zurück zum 10. April 2012. Das Spiel beginnt. Markus Karl trifft in der 34. Minute zum 0 : 1 für Union. Die 3.000 mitgereisten rot-weißen Fans machen ordentlich Alarm.

Ich weiß, dass dort auch Andi und wahrscheinlich auch Billy und sein Trupp stehen und gerade komplett ausflippen. Seit ein paar Jahren habe ich sogar selbst Gefühle für den Verein aus Köpenick entwickelt und gehe ab und an zu deren Heimspielen. Es ist ein komisches Gefühl, sie in Hamburg spielen zu sehen.

Es bleibt beim 0 : 1 für die „Eisernen" bis zur Halbzeit und ich sehe in die nervösen Gesichter meiner Hamburger Jungs.

Ein Aufstieg oder die Relegation ist in dieser Saison eigentlich noch möglich, aber nur, wenn das Spiel heute gewonnen wird.

Kaschi holt neues Bier, während mir Steve erzählt, dass sie in der nächsten Saison umziehen müssen, da die Gegengerade nun auch renoviert wird. Erst jetzt schaue ich mich etwas genauer um. Die alten Holzplanken, die abgenutzten Schalensitze, der einmalige Blick auf den grauen Hochbunker und den Dom mit der beleuchteten Achterbahn. Sakrale Landschaft. Hübsche Frauen stehen um uns herum. Ein kurzer nostalgischer Augenblick.

Das Stadion kocht, als Max Kruse in der 59. Minute zum Ausgleich trifft, und es explodiert nach Marius Ebbers' Führungstreffer. Doch was war das? Der Schiri zeigt zum Mittelkreis und nach kurzer Diskussion (die Szenen spielen sich vor der weit entfernten Südtribüne ab) entscheidet er doch auf Abstoß.

Ich muss mal. Am nicht überdachten, metallenen Pissbecken fragt mich ein Typ: „Ist der Ebbers bescheuert, oder was?" Erst jetzt erfahre ich, dass er sein Handspiel zugeben hatte und erzähle das oben den Jungs. Alle schütteln den Kopf, da St. Pauli, nun schon lange in Überzahl, zwar anrennt, aber bis zur 90. Minute nicht trifft. Nachspielzeit. Ein letzter verzweifelter Angriff ...

In unzähligen Liedern, Reportagen und Büchern wurde schon das „entscheidende Tor in der Nachspielzeit" thematisiert. Viele kennen dieses unbeschreibliche Glücksgefühl. Fin Bartels trifft in letzter Sekunde zum 2 : 1. Die Hölle brennt lichterloh. Ich dusche in halbvollen Bierbechern, werde nach vorn und zurück geschleudert und Kaschi fällt ungebremst rittlings in seinen Schalensitz, der sofort krachend in drei Teile zerbricht. Schlusspfiff – Ekstase. Ich stecke mir das größte Teil des zerborstenen Plastiksitzes unter die Jacke.

Erst später realisiere ich, dass ich sicher Ärger bekommen hätte, wenn die Bullen mich – einen Berliner – mit dem Ding, das ich stolz in den Kiezkneipen rumgezeigt hatte, erwischt hätten.

Das Stück Rasen von 1995 besitze ich längst nicht mehr, doch dies ist ein Andenken, welches mich an das alte Millerntor und die alten Zeiten für immer erinnern wird. Auch daran, dass die Freundschaft zu meinen Hamburger Jungs ewig währt. Das kantige, blassrote Stück Plastik aus der Gegengerade, Block G, riecht allerdings ein bisschen: nach filterlosen Zigaretten, verkohlten Bratwürsten, fauligem Holz, nach Bier, Pisse, Modder und Schweiß.

Doch die Geschichte ist noch nicht zu Ende. Wir schreiben den 10. März 2017. Wieder spielt St. Pauli gegen den 1. FC Union im nunmehr vollständig ausgebauten Millerntor vor 29.546 Zuschauern, doch stehe ich auf der Seite der Gästefans.

Seit 2012 war ich bei jedem Spiel, wenn die beiden Teams aufeinander trafen, und irgendwann wechselte ich die Kurve – zunächst daheim an der Alten Försterei und nun auch erstmals in Hamburg. Es war ein langer, eiserner Weg.

Die Anreise bei Billy im Auto verläuft in etwa so: Ich knalle mir auf dem Beifahrersitz vier Pils eines Sixpacks rein und als wir die Durchfahrt zum Parkplatz im Hostel auf der Reeperbahn erreicht haben, brüllt der Fahrer: „Du gehst da jetzt schon mal rein und holst mir aus diesem Saufapparat zwei kühle Bier."

Ich gehorche wie befohlen, denn die haben tatsächlich einen Getränkeautomaten, aus dem man Astra

ziehen kann. Auch anschließend, in einer urigen Kiez-
kneipe, bleibt keine Kehle trocken. Als wir im Stadion
sind, „Hells Bells" erklingt und die St.-Pauli-Ultras flä-
chendeckend Pyrotechnik zünden, weiß ich, dass uns
ein geiles Freitagabendspiel bevorsteht.

Machen wir es kurz: Es ist eine hochklassige, leiden-
schaftliche Partie. „Polti" schießt in der 19. Minute das
0 : 1 mit dem Knie und Damir Kreilach erhöht kurz
nach der Pause sogar auf 0 : 2 per Kopf. Dann heißt es,
trotz größter Union-Chancen, ewig lang bangen, aber
St. Pauli gelingt nur noch der Anschlusstreffer in der
83. Minute.

Der 1. FC Union Berlin gewinnt somit erstmals auf
St. Pauli eine Partie – und ich bin mittendrin in den to-
benden Massen.

Bis zur 70. Minute war Union sogar Tabellenführer
der 2. Liga gewesen und alle skandierten „Spitzenreiter, Spitzenreiter, hey!" Und obwohl Stuttgart im Spiel
gegen Bochum noch der Ausgleich gelang, sind sie nach
dem 24. Spieltag Zweiter und alle singen nach dem Abpfiff minutenlang: „Always look on the bright side of
life."

Die gemeinsame Nacht mit meinen Jungs aus Berlin und
Hamburg wird legendär und auch ich vollziehe im Kiez
auf St. Pauli die Metamorphose von einem Menschen zu
einem Saufautomaten auf zwei Beinen.

Kurz vor dem Einpennen frage ich mich: Werde ich
nach dem Aufstieg von St. Pauli und dem vom 1. FC

Kaiserslautern in die 1. Fußball Bundesliga (den ich während meiner Studienzeit in Mannheim live miterlebte) noch einmal einem solch grandiosen Ereignis beiwohnen dürfen? Aller guten Dinge sind doch drei, oder?

Union ist noch niemals in die Eliteklasse der Bundesrepublik Deutschland aufgestiegen. Das wäre ein richtig gutes Ding! Na warten wir mal ab …

Stadtmeister

In der DDR konnte nach dem kommenden Superstar des Sports nicht früh genug gesucht werden. Natürlich fiel auch ich nicht durch das engmaschige Netz der systematischen Beobachtung. Bereits im Kindergarten erkannten Sichtungstrainer mein Talent: Sie schickten mich zum Eiskunstlaufen! Doch leider war ich genau das Gegenteil von graziös und anmutig. Eine zornige Trainerin brachte mich bei den ersten drei Terminen zum Weinen und beim vierten Mal wurde ich, nachdem ich beim Kurven wieder einmal tollpatschig alle rotweißen Hütchen umgefahren hatte, aus der Trainingsgruppe geschmissen.

Danach prophezeite man mir eine erfolgreiche Schwimmkarriere. Bereits nach den ersten Sprüngen ins Becken hielt ich mich in Todesangst an der gereichten Stange fest. Ich jammerte bei jedem Schluck Chlorwasser und war auch hier nach drei Einheiten raus aus der sozialistischen Sportfördergemeinschaft.

Mein Vater drängte mich nie, lebensbedrohliche Sportarten auszuüben, und als ich aus freien Stücken Fußballer wurde, kam er zu keinem einzigen Spiel. Er verpasste auch nichts!

Mein Team hieß „BSG Empor Brandenburger Tor" – kurz EBT – und spielte am Volkspark Friedrichshain. Der linke Verteidiger war nach dem Torwart der schlechteste Spieler und kickte in der Hallensaison nur in der zweiten Mannschaft. Dass ich diese traurige

Gestalt war, die ohne einen einzigen Torerfolg blieb, dafür jedoch einige vermeidbare Treffer, sogar gegen die Flaschen von „Motor Ost", verschuldete, erzählte ich zu Hause nicht. Nach einem 1 : 7, ausgerechnet gegen Andis Truppe von „BSG Kühlautomat", beendete ich meine Laufbahn mit 14 Jahren.

Der vermeintliche Tiefpunkt folgte jedoch noch, denn nur ein Jahr später trat ich erneut einem Verein bei: einem Angelsportverein. Allerdings hatte dies andere Gründe. Der Club bot mir die Möglichkeit, neben dem Angel- auch den Bootsführerschein zu erwerben. Während Union-Andi in jenem Jahr das Mopedfahren lernte, erhielten Torte und ich 1986 den ersten (wasserfesten) Führerschein unseres Lebens.

Die eigentliche Station des Angelvereins befindet sich an der Rummelsburger Bucht. Dort steht auch das Vereinshaus, eine Art Wellblechhütte, direkt an dem See, der von der Spree gespeist wird. Idyllisch ist es dort nicht gerade.

Mittlerweile führen die VEB Stralauer Glaswerke und die Brauerei VEB Engelhardt zur einen Seite ihre Abwässer in das Gewässer und zur anderen vermutet man Rohre, durch welche die Fäkalien der Kaserne des Grenzregimentes 36 und die des Gefängnisses von Rummelsburg in die Bucht geleitet werden. Im Hintergrund sieht man die Auswürfe des Heizkraftwerkes Klingenberg. Den See bedeckt fast immer eine ölige Schicht, außer in diesem Winter, wo wir bei klirrender Kälte an einem Loch im Eis auf Klappstühlen verharren, während andere Leute mit Schlittschuhen Achten laufen.

Was jedoch urst fetzt: Unser Verein besitzt ein Boot, welches in Rummelsburg vor Anker liegt und mit dem wir zu Wettkämpfen fahren. Zwar dürften wir das Geschoss aufgrund der hohen PS-Zahl erst mit 16 Jahren steuern, aber unseren stets alkoholisierten Trainer Eckerhart interessiert das eher null. Oftmals können Torte, Jörg oder ich das Schiff in Richtung Köpenick steuern, damit er in der Kajüte seinen Rausch ausschlafen kann.

So auch heute. Wir fahren während der Pfingstfeiertage im Juni 1987 über die Spree und Dahme in Richtung Seddinsee. Morgen findet ein Wettkampf am Gosener Kanal statt, bei dem wir als Jugendteam antreten werden. Die Erwachsenen reisen erst am Sonntag mit PKWs an, sodass wir Jungs mit Suffnase Eckerhart ganz allein auf dem Kahn herumschippern. Wir haben einen Grill, Holzkohle, Fleisch und sechs Kästen Bier mit an Bord. Da kann eigentlich wenig schief gehen.
   Das Boot heißt „Union" und bei den Ausfahrten singt Eckerhart immer leicht lallend: „Oh liebe Union stürme hinaus, in Berlins Südosten bist du zu Haus, zwischen Wiesen und Wäldern, Tälern und Seen, oh Köpenick du bist wunderschön."

Auch der Seddinsee ist ein Naturparadies. Die Szenerie beim Sonnenuntergang wird noch dadurch getoppt, dass uns ein nacktes Mädchen entgegengeschwommen kommt. Sie sieht von weitem wie eine Mischung aus Nscho-Tschi (Winnetous Freundin) und Shenja (aus Timurs Trupp) aus. Die schwarzhaarige Nixe mit dem schönen Hals hat eine fantastische Figur und auf ihrem perfekten Hintern zeichnet sich nicht ein Bikini-Streifen ab.

Ich muss dreimal hinschauen, um irgendwann ganz sicher zu sein, dass es Ina aus der A-Klasse ist. Spontan springe ich mit meiner blauen Badehose in die Fluten und brülle: „Ina, was machst du denn hier?"

Ihre Augen leuchten in der Abendsonne: „Hey Elmar, hier badet man aber ohne Schlüppi! Habt ihr vielleicht ein Bier?" Sie klettert vor mir die Leiter zum Boot hinauf und setzt sich dann lässig, noch immer splitterfasernackt, auf den Plastikstuhl.

Und Jörg – ist der Typ schwul oder was? – öffnet ihr ein Pils mit dem Ende seines Messers und schaut dann so, als ob ihre braungebrannten Brüste in keinster Weise existieren. Für mich ist sie gerade das erotischste Wesen auf der ganzen Welt. Trotzdem hole ich ihr ein Handtuch, da mein Schüler-Hirn recht bald eine Beziehung zu ihrer Vagina aufgebaut hat. Ich kann den Anblick nicht länger ertragen.

Mit dem Beiboot fahren wir gemeinsam zur Datsche ihrer Oma und dann in ein Vereinsheim, wo am Abend eine Garten-Fete stattfindet, auf der ältere Männer alsbald besoffen Arbeiterkampflieder singen wie: „Unions Himmel breitet seine Sterne, über unser Fußballstadion aus ..." und später den „Eff-Zee-Uuunion-Walzer" mit angetüdeltem Stöckelwild tanzen. ‚Wo bin ich denn hier reingeraten?'

Doch ich versumpfe dort so böse, dass ich am nächsten Morgen nicht mehr weiß, wie ich zurück aufs Schiff gekommen bin, ob ich Ina geküsst oder mir einen heruntergeholt habe.

Der Wettkampf geht in die Hose. Am Gosener Kanal werden für jeden Angler exakt fünf Meter abgesteckt. Rechts und links von mir stehen Spinner, die es mit ihrem Haferflocken-Schleim-Gemisch tatsächlich schaffen, unzählige Fische anzulocken und mir, der einfach nur die Sehne der Stippe ins Wasser wirft, einen einzigen Fang (der ist dann auch noch untermaßig) übriglassen. Meine Null-Wertung zieht Jörg und Torte herunter. Wir belegen den letzten Platz, bekommen aber eine Urkunde für den „Dritten Platz beim 16. Gosener Turnier der Angeljugend 1987". Alles besser als Eiskunstlauf, Schwimmen oder Fußball. So viel steht fest.

Am Bahnhof Ostkreuz verabschieden wir uns. Spät abends sollte man den räudigen Umsteigebahnhof eigentlich meiden, oder sich zumindest als HSV- oder Gladbach-Fan ausgeben, falls man nach seinem Team gefragt wird. Hier befindet sich nämlich eine unsichtbare Grenze, wo Unioner und die Weinroten oftmals „rein zufällig" aufeinandertreffen, um sich gegenseitig die Fresse zu polieren oder mit Bierflaschen einen Scheitel zu ziehen, bevor die Vopo oder Trapo eingreift. Gegen Fans von Westclubs haben die Schläger auf beiden Seiten meist nichts auszusetzen. Und die Volks- und Transportpolizei eigentlich auch nicht.

Als ich unsere Wohnung im 9. Stock betrete, sehe ich Vater entzückt am offenen Fenster stehen. „Komm mal rüber Elmar. Den Bowie hat man ja gestern fast gar nicht gehört, aber heute geht es total ab!"

Ich kann deutlich die dröhnende Stimme von Annie Lennox der „Eurythmics" vernehmen und weiß plötzlich wieder, dass sie im SFB und RIAS seit Tagen die Konzerte am Brandenburger Tor zur 750-Jahr-Feier im Radio beworben haben.

‚Scheiße', denke ich, ‚meine Jungs sind bestimmt unterwegs', denn die Band aus Großbritannien ist wegen der tollen blonden Sängerin seit jeher bei uns beliebt. Das wirklich Krasse: Ich kann „Thorn in My Side" so laut hören, als stünde die Band mit riesigen Boxen direkt vor der Tür. Ich eile hinunter in den Club und stelle ernüchtert fest: All meine Vögelchen sind ausgeflogen.

Erst am nächsten Tag erfahre ich, dass tatsächlich fast alle beim Konzert gewesen waren. Unter den Linden und vor dem Brandenburger Tor war es zu regelrechten Ausschreitungen gekommen. Andi, der „Freundschaft zur Sowjet-UNION" gebrüllt haben soll, hatte von Vopos einen Knüppel vor den Kopf bekommen und Bommel nur deshalb nicht, weil er so klein ist.

Die Truppe um Billy, Rambo und Zille hatte wohl richtig Stress gemacht, mit Sprüchen wie: „Die Mauer muss weg! F-C-U", oder: „Hertha und Union – eine Nation." Dafür hatten sie Schläge und Tritte von den Volkspolizisten, bevorzugt in den Bauch, kassiert. Ich ärgere mich trotzdem, nicht mit dabei gewesen zu sein.

Aber heute ist ja Pfingstmontag und es spielt „Genesis". Als ich mit den Jungs aus dem S-Bahnhof Friedrichstraße trete, treffen wir auf die geballte Staatsmacht. Bereitschaftspolizisten und eindeutige Typen in Zivil sperren die Zufahrtsstraßen in Richtung Brandenburger Tor mit einem langen Seil ab, während Phil Collins im Hintergrund gerade „This Is The Land Of Confusion" in den gemeinsamen Berliner Nachthimmel grölt. Hinter uns beginnen Typen leere Bierpullen in Richtung der Polizeiketten zu werfen und etliche skandieren: „Bullen raus!", „Gorbatschow, Gorbatschow!" und „Hier regiert der FCU!"

„Achtung, Achtung! Bürger, hier spricht die Deutsche Volkspolizei! Verlassen Sie unverzüglich das Gebiet und begeben Sie sich nach Hause!", schallt es plötzlich von der anderen Seite aus einem Megafon. Eine so bedrohliche Situation habe ich noch nie zuvor in meinem Land erlebt. Letztendlich verzichten wir darauf, die Straßen-Sperren – ohne in eine Ausweiskontrolle zu geraten – zu umgehen, nur um „Genesis" ein wenig näher zu kommen. Phil ist eben nicht Annie, zumal sich heute auch etliche Verkäuferinnen mit Dauerwellen zusammengerottet haben.

„Erster Preis: 10 Jahre Winterurlaub in Sibirien", tönt Andi und spielt damit darauf an, was uns blühen wird, wenn wir verhaftet werden.

Als Motorengeräusche von Armeelastern ertönen,

verdrücken wir uns lieber in den Club. Ich ziehe eine TDK aus dem orangefarbenen Kassetten-Karussell und lege ein Mix-Tape ein, auf der auch einige Songs der „Eurythmics" drauf sind.

Auf einmal habe ich ein Gefühl, welches ich zuletzt im Winter verspürt habe. Beim Angeln auf der zugefrorenen Rummelsburger Bucht war das Eis an einem Tag in der klaren Wintersonne plötzlich brüchig geworden. Tauwetter hatte eingesetzt. Es war regelrecht warm geworden. Doch statt panischer Angst davor, einzubrechen und dann von unten gegen die dicken Schollen zu klopfen, empfand ich unbändige Freude. Darüber, dass dieses bescheuerte Eisangeln vorbei war und nun endlich wieder Frühling wird.

Heute, obwohl der Sommer 1987 bevorsteht, habe ich bis in die Fingerspitzen das Gespür einer Tauwetterlage, die gerade von West- nach Ostberlin gezogen ist. Ich glaube, dass wir nun noch viel öfter am Brandenburger Tor extrem coole Sachen zu hören bekommen werden – irgendwann vielleicht sogar auf unserer Seite der Mauer.

Ich denke an Billy und seinen Trupp: Womöglich spielen Hertha und Union ja wirklich mal in einer Nation die interne Berliner Stadtmeisterschaft aus. Wer weiß das schon?

Und es geschehen noch Zeichen und Wunder. Am Samstag, dem 2. November 2019, ist es tatsächlich so weit: Der 1. FC Union Berlin trifft erstmals in der

1. Fußball Bundesliga auf Hertha BSC im Stadion an der Alten Försterei. Doch es ist nicht das, von den Jungs damals erhoffte, freundschaftliche Derby. Niemand singt: „Wir halten zusammen wie der Wind und das Meer – die blau-weiße Hertha und der FC Union." Es herrscht kalter Krieg!

Die Herthaner (and friends) setzen Leuchtmunition und Raketen ein, während einige Unioner auf die Barrikaden gehen. Platzsturm oder Spielabbruch – alles ist möglich. Dennoch ist die Atmosphäre beeindruckend.

Neben mir singt Anne: „Sagt wo kommt die Hertha her? Aus Schlumpfhausen, bitte sehr!", weil die Fans der dicken Tante aus Westberlin tatsächlich in ihren Jacken ein bisschen so aussehen.

Schwallbacke Schuster, ein Ex-Kollege von Haue, fragt: „Was ist der Unterschied zwischen einem Kuhschwanz und einem Hertha-Slip?" „Der Kuhschwanz verdeckt das ganze Arschloch." „Nicht lustig. Kugelwitz! Keine Ecke zum Lachen", ruft Haue, der früher aus Verbundenheit noch einen Hertha-Aufnäher auf der Kutte trug.

„Kein Freibier für Schuster", ergänzt er, wobei solches heute sowieso nicht im Stadion in der alkoholischen Variante ausgeschenkt wird.

Als es in der 90. Minute (nach Videobeweis) Strafstoß für Union gibt, brüllt Billy: „Polti mach ihn rein! Für den Verein! Polti mach in reeeiiin!!!" Sebastian Polter nimmt Maß und trifft halbwegs platziert in die linke Ecke zum

1 : 0, bevor ein tausendstimmiges „Jaaaa" über die Alte Försterei hineinbricht.

Der FCU gewinnt das Spiel, doch es ist keines meiner Highlights in Köpenick. Dafür waren zu viel böses Blut und grenzenloser Hass auf den Tribünen im Spiel. Dass die Eisernen bei der Hertha nicht einfach nur denken, oder, wie bei der Vorstellung der Gästemannschaft, brüllen: „Na und!", kann ich überhaupt nicht nachvollziehen.

In meinem Kiez kenne ich viele Leute, die den Verein ihres Herzens, der ihnen einmal „gegeben" wurde, niemals verlassen haben. Bei der Beerdigung von Schuft, einem herzensguten Weinroten, kamen auch viele Unioner und einige Herthaner, die ihm die letzte Ehre erwiesen haben. Gut so!

Und etliche Blau-Weiße, das weiß ich, weil ich fast immer in Westberlin gearbeitet habe, können auch (gute) Menschen sein.

Jeder in meiner Heimatstadt kennt einen, der einem anderen Verein die Daumen drückt und der „eigentlich" ganz in Ordnung ist. Wir sind doch alle Berliner – und bilden uns was drauf ein!

Wollte ich nur mal sagen, aber bis zum nächsten Derby im Olympiastadion singe natürlich auch ich: „Stadtmeister, Stadtmeister, Berlins Nummer eins!"

Aufstieg jetzt!

Ob es schon im Kindergarten war? Spätestens jedoch in den ersten Jahren der Schulzeit lernten wir eines: Berliner sind die Allergrößten und Sachsen das genaue Gegenteil. Bereits mit sieben Jahren lagen wir vor Lachen im Dreck, als wir erfuhren, dass das sächsische „Nuklear" auf Deutsch „Na klar" heißt. Die durfte man einfach nicht ernst nehmen. Komisch sprechende Menschen aus Schwaben waren durch den Mauerbau in Vergessenheit geraten. In Berlin war es ein ungeschriebenes Gesetz, dass Sachsen hier nicht besonders willkommen waren – und umgekehrt. Punkt.

Am 19. April 1989 rief mein Vater von Arbeit zu Hause an: „Elmar, hast du heute Lust, mit nach Dresden zu kommen? Ich hab noch eine Karte für das Spiel." – „Nuklear!", brüllte ich in den Hörer. Ja, hatte ich!

Mit 17 lernte ich endlich die schlechteste Autobahn der DDR kennen. Die holprige Fahrt nach Dresden war kein Zuckerschlecken. 100 km/h waren bei dem Zustand der Straße eigentlich kaum möglich und kurz hinter Berlin versuchte ich verzweifelt, einen Westsender im kleinen Radio des Trabis hereinzubekommen. Ich drehte und drehte an dem kleinen Knopf, es gelang mir nicht.

Zwei Kollegen meines Vaters waren auch mit dabei. Ich saß hinten und der Typ neben mir stank widerlich aus dem Mund und quatschte dämliches Zeug. Der andere trank ein Bier nach dem anderen und wir mussten seinetwegen dreimal zum Pinkeln halten. Aber immerhin ging es zum Halbfinale des UEFA-Cups zwischen Dynamo Dresden und dem VfB Stuttgart – das war es allemal wert! Ich war jetzt 17, und auf der Karte stand: Stehplatz Erwachsene 15,10 M.

Natürlich hatte Vater die Karten über „Vitamin B" bekommen, und die Dresdner Fans, für die keine mehr im Vorverkauf übrig waren, hassten uns. Bereits 50 Kilometer vor der Stadt leuchteten die ersten schwarz-gelben Farben. Viele Leute ließen ihre Schals aus dem Auto flattern und fieberten dem Spiel gegen Jürgen Klinsmann und Co. entgegen.

Für die Dresdner ging es dabei um viel. Sie vertraten den Osten gegen den Westen, DDR gegen BRD und gleichzeitig die immerwährende Schlacht der Sachsen gegen die Vereine aus der Hauptstadt. Hier wurde vor aller Augen und den ARD-Kameras ein Exempel statuiert, das zeigen sollte, dass Dynamo Dresden nicht nur die beste Mannschaft, sondern auch das Team mit den fanatischsten Fans der ganzen Republik war.

Als wir um 17 : 30 Uhr vor dem Stadion ankamen, wunderten wir uns noch, weshalb so wenig los war, doch als wir die Gänge ins Innere betraten, sahen wir, dass die Ränge bereits randvoll gefüllt waren. Das heutige Spiel sollte um 20 Uhr beginnen und schon jetzt, zweieinhalb Stunden vorher, waren 38.000 heißblütige Sachsen im Stadion! Ohne meinen starken Vater und seine Kollegen hätte ich im Dresdner Fanblock wirklich Angst gehabt, dass sie mich entlarven. Ein Berliner in Dresden, das gäbe richtig Ärger! Natürlich behielten wir unsere Tarnung und kamen sogar mit einigen der äußerst freundlichen Jungs ins Gespräch.

Um 19 Uhr begann ein Vorprogramm, wie ich es noch nie im DDR-Fußball erlebt hatte. Die Leute erhoben sich, als der Stadionsprecher mit dem Glücksschwein „Eschi" ins Stadion einfuhr. Unter Jubel wurde ein Tandemrennen ehemaliger DDR-Sportler angekündigt. Plötzlich fuhren Jens Weisflog, Olaf Ludwig und Kristin Otto an uns vorbei – natürlich in Begleitung zweier Dixieland-Gruppen mit schrillen gelben Hemden unter schwarzen Anzügen. Altbekannte Größen des DDR-Fußballs brachten große Blumensträuße für die möglichen Dresdner Torschützen und spielten danach Fußball-Tennis hinter den Toren.

Ich konnte gar nicht glauben, was hier abging, und als der Sprecher das Sachsenlied ankündigte, verstanden wir unser eigenes Wort nicht mehr. Aus fast 38.000, jetzt schon heiseren Kehlen erklang das berühmte: „Sing, mein Sachse, sing". Die beiden Mannschaften versanken beim Einlaufen im schwarz-gelben Fahnenmeer. Ich erkannte Jürgen Klinsmann, der gerade in diesem Moment in unseren Block schaute und genau mich anlächelte. Im April 1989 jubelte ihm in Dresden niemand zu.

Neben mir brüllten die Fans aufgeregt unverständliches sächsisches Zeug. Ich stand in unserem Block D mittendrin. „Obseids!" (Abseits) verstand ich, als Guido

Buchwald den Ball ins Aus schlug. Der Schiri schüttelte den Kopf, und ich brüllte zusammen mit tausenden Anderen „Nuklear, Obseids!" ins Stadionrund. Das Spiel war aufregend, es ging hin und her. Am Ende bedeutete das 1 : 1 jedoch, dass Dynamo Dresden ausgeschieden war und der VfB Stuttgart im Finale gegen Diego Maradonas SSC Neapel antreten durfte.

Das Halbfinale des UEFA-Cups war im Nachhinein betrachtet mein vielleicht bestes Fußball-Erlebnis in der DDR gewesen und mit Sicherheit war es meine wichtigste Karte, die ich bis dato bekommen hatte.

Nach dem Mauerfall lernten Menschen meines Alters vor allem eines: Berliner sind die Allergrößten und besonders die Schwaben das genaue Gegenteil. Wir lagen vor Lachen im Dreck, als wir erfuhren, dass „Schaffe, schaffe, Häusle baue" auf Deutsch: „Lebe, um zu arbeiten" (statt „arbeite um zu leben") heißt. Die durfte man einfach nicht ernst nehmen. Komisch sprechende Menschen aus Sachsen waren durch den Mauerfall in Vergessenheit geraten. In Berlin ist es ein ungeschriebenes Gesetz, dass Schwaben nicht besonders willkommen sind – und umgekehrt. Punkt.

Das ist natürlich total platt und stimmt in meinem Fall auch nicht, da ich keinerlei Berührungspunkte zu gebürtigen Schwaben habe. Das ändert sich alles am 27. Mai 2019. Nach über 30 Jahren steht wieder der VfB Stuttgart im Mittelpunkt meines kleinen, persönlichen Fußball-Universums.

Ich stehe am Flughafen von Stuttgart am Easyjet-Gate nach Berlin und bin der einzige Mensch weit und breit, der einen Union-Schal um den Hals trägt – umgeben von 200 Leuten in VfB-Farben. Am heutigen Montag fliegen wir in die Hauptstadt. Sie, um den Abstieg ihres Teams zu verhindern, während ich dem ersten Aufstieg in der Historie des 1. FC Union Berlin in die 1. Fußball Bundesliga entgegenfiebere.

Das Hinspiel am Donnerstag war eine äußerst emotionale Angelegenheit gewesen, aber es war eben keine wichtige Partie, da an jenem Tag durch das 2:2 überhaupt nichts entschieden wurde. Hätte Stuttgart 5:0 gewonnen, würde ich mich heute anders fühlen. So stehe ich seit dem Aufwachen (ich hatte die letzten Tage mit Nadine im Schwarzwald verbracht) kurz vor einem Herzkasper. Aua, Fußballfieber kann körperlich Schmerzen bereiten!

Die Stuttgarter sind nett, oder sagen wir demütig: Keiner macht mich an oder pöbelt über einen chancenlosen Zweitligisten, den es zu schlagen gilt.
Fast alle der (zum Teil stark tätowierten) älteren Herrschaften haben mit ihrem Verein von Meisterschaft bis Abstieg schon alles erlebt und etliche waren sicherlich auch im Jahre 1989 beim Spiel gegen Dresden und dem UEFA-Cup-Finale gegen den göttlichen Diego Maradona dabei gewesen. Sie haben eine wahrlich andere Fußball-Historie als die Fans des FCU und dennoch unterstützen sie ihren Verein auch in schlechten Zeiten bedingungslos. Gut so!

Aber heute müssen wir sie leider gnadenlos in die zweite Liga schießen!

Ich habe keine Karte bekommen, obwohl ich alle, die ich auch nur halbwegs mit Union in Verbindung bringen konnte, angebettelt und fast schon gehofft hatte, dass sich jemand ein Bein bricht oder mit 40 Grad Fieber im Bett bleiben muss. Nüscht! Natürlich fahre ich am Nachmittag trotzdem an die Alte Försterei und werde mir das Match zur Not in der Abseitsfalle anschauen. Falls das Unfassbare passieren sollte, könnte ich so wenigstens danach noch ins Stadion gelangen.

Auf dem Weg zu meiner Wohnung, es ist jetzt 13 Uhr, bekomme ich vom „Paulioner" eine Nachricht: „Okay, du hast 'ne Karte". Ich glaube es nicht und schreibe zurück: „Echt? Wann? Wo? Echt jetzt?" Dann öffne ich meinen Briefkasten ...

Jeder Unioner würde jetzt sicherlich schreiben: „Und im Briefkasten lag die wichtigste Karte meines Lebens!" Sagen wir es mal so: Ich war nach dem Mauerfall bei den Aufstiegen von St. Paul und Kaiserslautern im Stadion, bei der Meisterschaft des FCK ebenso. Ich habe zwei DFB-Pokalfinals im Olympiastadion erlebt und war beim Champions League-Endspiel 2012 in München im Chelsea-Block.

Den Clásico zwischen Real und Barcelona habe ich in Madrid und den zwischen Flamengo und Fluminense in Rio de Janeiro gesehen, um nur einige Top-Partien zu nennen. Während der WM 2014 war ich in Brasilien bei Spielen. Protz. Proll. Toll.

Nein, ich bin einfach nur Fußballfan und das waren eben alles coole Erlebnisse mit richtig geilen Freunden.

Ich schreibe: „Danke! Eine Bierschwemme wartet auf dich!" Es ist vielleicht die bedeutendste Karte meines Lebens, aber nur, wenn sie heute auch aufsteigen.

Zu Hause sterben die meisten Leute, vor allem an Herzversagen. Erstmals fahre ich einfach mit der S-Bahn los, ohne mich vorher mit jemandem zu verabreden um 16 Uhr – das Spiel beginnt um 20 : 30 Uhr. Doch um 16 : 30 Uhr bin ich bei weitem nicht der erste an der „Falle". Mittlerweile kenne ich hier viele Gesichter, von denen mich die meisten mit einem vielsagenden Nicken begrüßen. Heute ist es beängstigend ruhig! Niemand singt irgendwelche Lieder oder kreischt: „Aufstieg jetzt!" Alle wirken angespannt und nicht gerade siegessicher. Ist ja auch Union.

Auf dem Warsteiner Stammtisch habe ich drei Bier platziert und als die ersten der „Einheit Unnormal" kommen, kaufe ich neue, da sie bereits weg sind. Alle freuen sich für meine Karte, aber ansonsten plappern auch Billy, Haue, Andi, Keule, Zille, Marx und Stoni heute fast so wenig wie Rambo. Es ist kein „Die-hauen-wir-sowas-von-weg-Spiel", sondern ein „Mir-geht-der-Arsch-sowas-von-auf-Grundeis-Spiel".

Billy kommt rüber, umarmt mich und flüstert: „El Rubio, ich hab dir so oft gesagt, dass wir in der 2. Liga gut aufgehoben sind, aber heute, ganz ehrlich, kann ich das nicht mehr unterschreiben. Ich will durch diese Scheiß

Bundesliga ziehen. Man lebt ja nur einmal!" Töchterchen Anne zwinkert mir zu. Auch sie ist schon etwas tüdelich, als wir das Stadion der Träume gegen 19 Uhr betreten.

An den Kassen wundern wir uns noch, weshalb hier so wenig los ist, doch als wir das Stadion betreten, sehen wir, dass die Ränge bereits randvoll gefüllt sind. Schon jetzt, eineinhalb Stunden vorher, sind fast alle da.

Als Stadionsprecher Christian Arbeit die Mannschaftsaufstellung verkündet, verstehen wir unser eigenes Wort nicht mehr, und aus tausenden Kehlen erklingt danach die Eisern-Union-Hymne von Nina bis zur Heiserkeit.

Die beiden Mannschaften versinken beim Einlaufen im rot-weißen Fahnenmeer. Ich erkenne Benjamin Pavard, den französischen Weltmeister von 2018, der gerade in diesem Moment in unseren Block schaut und genau mich anlächelt. Doch niemand jubelt ihm zu. Zwei Stiegen Berliner Pilsner werden von Marx und Stoni durchgereicht. Mein Blut wird jetzt nur noch von Bier, Eisen und von Adrenalin gespeist. Das Spiel beginnt ...

Ich kann nicht viel über das Match berichten. Es ist abartig laut. Jede Chance von Stuttgart wird weggeschrien – auch das vermeintliche Tor von Aogo. Alle Unioner, die einen langwierigen Videobeweis bis dato abgelehnt hatten, bejubeln Schiedsrichter Dingert, als er seine Entscheidung zurücknimmt.

Zwei Stuttgarter krachen mit den Köpfen zusammen, aber man kann es nicht hören. Es ist jetzt unfassbar laut. Vom 1. FCU kommt spielerisch gar nichts.

Egal, mit 0 : 0 wird sich in die Pause gerettet und virtuell ist Union noch immer der Aufsteiger. Mit Keule gehe ich runter zum Pinkeln, durchatmen und neue Bier-Stiegen holen. An den Imbissbuden ist es, im Gegensatz zum Krach während des Spiels, fast unheimlich still. Wahrscheinlich, weil alle wissen, dass noch krasse 45 Minuten Aufstiegsdrama vor ihnen liegen.

Die zweite Halbzeit beginnt. Es ist nun legendär laut. Nach mehr als 60 Minuten hat Abdullahi binnen zwei Minuten zwei Riesenchancen für Union. Wegen des durchdrehenden Rührers fallen wir zwei Reihen nach vorne. Keine Verletzten, aber auch keine Tore. Es ist episch laut. Kurz vor Schluss ein 20-Meter-Kracher von Pavard für den VfB! Doch Gikiewicz pariert sensationell. Nur noch wenige Minuten ...

Dann der Schlusspfiff. Für den Bruchteil einer Sekunde verharren die Leute in ungläubigem Staunen, doch dann brüllen sie es heraus. Wie eine zerstörerische Lawine bricht das tausendstimmige „Jaaaaaaa" über das Stadion herein.

Es ist ein nie enden wollender Schrei, so als ob ganz Köpenick jahrzehntelang dafür Luft geholt hatte. Der Block beginnt zu beben und die Zäune zu wanken. Noch immer nimmt die Lautstärke orkanartig zu. Mir platzt fast das Trommelfell.

Die Unioner dehnen den frenetischen Jubel auf eine unglaubliche Länge aus. Schon Sekunden später weiß ich, dass ich dieses markdurchdringende Kreischen nie wieder im Leben hören werde. Union steigt eben nur einmal zum ersten Mal in die erste Bundesliga auf. Was für ein Schrei!

Die überschäumenden Emotionen sind auch in unserem Block angelangt. Der Rührer teilt die Reihen vor uns wie Moses das rote Meer. Wir fallen beim Jubeln vier Stufen zusammen hinunter und landen irgendwie alle gleichzeitig auf Anne. Was für ein Knäuel! Falls sich Billys Tochter verletzt haben sollte, wird er morgen schreiben: „Das muss sie halt lernen. In der Bundesliga wird es noch öfter passieren."

Eine wild gewordene Meute entert die offenen Lücken in den Zäunen und drängt aufs Spielfeld. Ich renne nicht gleich hinterher, sondern drehe mich noch einmal um und weiß plötzlich, dass es für mich nicht das emotionalste Erlebnis im Fußballfan-Dasein ist. Ich bin total übermannt, aber eigentlich freue ich mich mehr für meine Freunde aus der „Einheit Unnormal", die seit 40 Jahren zum 1. FCU gehen und auch alle bitteren Tiefen des Vereins miterlebt haben. Und heute das allergrößte Glücksgefühl.

Es ist total befriedigend, anderen etwas zu gönnen. Das möchte ich mir stets bewahren. Rückblickend wird es vielleicht einmal das größte Fußball-Erlebnis meines Lebens werden. Aber es kann ja jetzt noch so viel mehr kommen …

Dann renne ich auf den Rasen. Bis tief in die Nacht will ich die Emotionen auf dem Feld auf mich wirken lassen.

Möchte beobachten, wie alle ihren Gefühlen freien Lauf lassen, wie sie vor Freude lachen, schreien und weinen. Ich laufe aufs Spielfeld zum Mittelkreis und treffe eine Frau, die aussieht wie Toni aus meinem ersten Unionspiel im Jahre 1986 – in alt. Gemeinsam reißen wir eine große Grasnarbe aus dem Grün und teilen sie in der Mitte. Dann kämpfe ich mich zur Bank vor. Ich stehe nun direkt vor einem hüfthohen Begrenzungszaun und kann mit allen Spielern abklatschen.

Wie auf ein unhörbares Kommando beginnen die Spieler und Unioner ein Lied zu singen. Nicht vier, oder fünf, sondern alle gleichzeitig. „Union du wirst siegen glaub an dich und es wird wahr, die erste Bundesliga ist für uns zum Greifen nah."

Nach vielen Jahren begreife ich plötzlich: Eine lange Suche wurde soeben beendet. Ich identifiziere mich endgültig mit diesem Verein. Das hat nun auch mein Herz kapiert. Doch ich musste wohl erst hier stehen, um genau das herauszufinden. Mit Inbrunst stimme ich in den Chor ein und schreie die soeben veränderte Strophe in den Abendhimmel: „Die erste Bundesliga ist für uns nun endlich da!"

Trueman-Story

Nur wenige Monate nach der Fußball-WM 2014 musste ich diese Zeilen von meinem Freund Trueman lesen: „Ich habe Krebs und mir steht erneut eine Chemotherapie bevor, die es diesmal in sich hat. Beim ersten Mal verspürte ich den Gedanken, falls es jetzt vorbei ist mit dem Leben, dann war es wenigstens bisher fantastisch gewesen. Ich hatte bereits so viel erlebt und ein derart freies Leben gehabt, dass ich zufrieden sein konnte.

Das ist heute, sieben Jahre später, anders. Ich darf nicht sterben. Ich habe drei Kinder, eine Frau und Verantwortung.

Verantwortung, am Leben zu bleiben und meine Hauptaufgabe ist es, Teil dieser Familie zu sein. Der Tod ist keine Option!

Wenn man tot ist, kann man nicht mehr Teil dieses Lebens sein. Soll ich also meinen Kindern einen Brief schreiben, bevor es nicht mehr geht? Was kann darin stehen? Sollen es Zeilen sein, bei denen ich ihnen auf Augenhöhe im Erwachsenenalter begegne? Weisheiten aus meinem Leben? Nein: Ich glaube, wichtiger ist es, ihnen von unserer gemeinsamen Zeit zu berichten, denn sie sitzen immer gebannt da, sobald man von Erlebnissen erzählt, wo sie noch kleiner waren.

Wie ist unser Leben aktuell? Welche Beziehung haben wir zueinander? Dinge, über die man sich viel zu selten Gedanken macht. Ist es meine Pflicht, diesen Brief zu schreiben? Meine jüngste Tochter wird sich an ihren Vater nie erinnern können. Mein Sohn, gerade 4, wird Bruchstücke aus dieser Zeit mitnehmen – meine Große (5) vielleicht ein paar mehr. Doch alles, was vor dem siebten Lebensjahr passiert, wird in der Masse an Eindrücken Platz für Neues machen. Für mich ist das gerade ein äußerst schrecklicher Gedanke."

Mit diesen Sätzen eröffnete Trueman damals sein Online-Tagebuch und fast jeden Tag schaute ich hinein, selbst an Tagen, wo ich wusste, dass aufgrund seines Gesundheitszustandes nichts Neues zu erwarten war. Ich hatte die Hoffnung, lebensbejahende oder auch krasse Texte vorzufinden. Hauptsache er lebt noch! Irgendwann war zumindest klar, dass sich mein Freund die Frage: „Muss ich diesen Brief schreiben?" nicht mehr stellte – er hatte bereits damit begonnen.

Vergesslichkeit gilt gemeinhin als eine niedliche und schrullige Eigenschaft, doch das ist sie in meinen Augen nicht. Zu viele Menschen vergessen dabei schlichtweg, wie sie ihr Dasein verbracht haben. Daher empfinde ich es als Pflicht eines jeden, einen Lebensbericht abzulegen. Das können Fotoalben, Tagebucheinträge, Blogs oder eben auch Briefe sein. Wie sehr ärgere ich mich darüber, dass meine Vorfahren dies nur unzureichend getan haben.

Sterben ist Scheiße – das steht fest. Dennoch setzen sich viel zu wenige Menschen mit dem Tod auseinander, leben vor sich hin, als ob es ihn nicht gäbe. Sie verdämmern kostbare Zeit scheintot vor der Glotze oder einem Handy, verbringen als Büroleiche Urlaube auf Balkonien oder saufen sich täglich ins Koma, um den Trübsal des Alltags zu vergessen.

Der weltoffene Trueman gehörte nie zu einer dieser Kategorien und hatte in jungen Jahren schon mehr erlebt und gesehen als manch 90-jähriger im ganzen Leben. Am liebsten hätte ich mich an sein Krankenbett gestellt und mit einem Aufnahmegerät all das – nicht nur für seine Kinder – aufbewahrt, damit es nicht in Vergessenheit gerät. Aber er hatte ja bereits von sich aus angefangen, zu schreiben. Sein zweites Leben begann, als er begriff, dass er nur eines besaß.

„Fick dich Krebs, fick dich einfach selbst!" Mit diesen Worten endete sein Tagebuch. Aber nein, diese Geschichte hat kein tragisches Ende, denn ich habe den Anfang des Satzes unterschlagen: „Morgen nach dem Arztbesuch weiß ich, ob ich mir abends einen hinter die Binde kippen kann und angetrunken herausschreien werde: Fick Dich Krebs, fick dich einfach selbst!"

Oh ja: Du warst an jenem Tag betrunken und glücklich und verfickt nochmal geheilt. Um all diese Erfahrungen beneide ich dich nicht, aber seit jenen Tagen um deine Kraft, deinen Optimismus, deinen Mut, deine Kinder und bis ans Lebensende um dieses Ticket beim WM-Halbfinale 2014 in Brasilien. Auch das habe ich nicht vergessen, mein Freund!

Warum ich diese Geschichte hier erzähle, obwohl bisher nicht einmal das Wort „Union" fiel? Ich möchte einfach, dass du dein Leben in Buchform festhältst!

Deshalb will ich hier auch nicht zu viel verraten (der geneigte Leser kann ja mal nach „Trueman-TV" googlen, um nur eine deiner krassen Aktionen zu nennen).

Auch die Lebensgeschichten einiger Jungs aus der „Einheit Unnormal" hätten Potential, aber du stehst eben ganz oben in meiner persönlichen Bestseller-Liste.

Womit wir dann doch noch einen Bogen zum 1. FC Union Berlin spannen.

Du bist, wie ich, noch nicht immer an der Alten Försterei dabei. Eigentlich viel kürzer, da du auch einem Verein aus dem Land Brandenburg dein Herz geschenkt hast. Dennoch wundert es mich nicht, dass du im Prinzip schon nach einem halben Jahr in die „Truppe" aufgenommen wurdest und seither jeder so tut, als wärest du schon immer da. Das fehlende Union-Gen machst du einfach durch Ausstrahlung wett.

Neben den Spielen an der Alten Försterei habe ich seit dem 20. Januar 2020 auch eine gemeinsame Auswärtsfahrt mit dir in meiner Vita.

Deine Kumpels Kaktus und Flummi sind kaputte Typen, die nicht nur nach dem Genuss von Bier gut gelaunt sind. Während der kurzen Zugfahrt verstehen wir uns sofort. Wegen dir kommen wir allerdings in Leipzig erst im dritten Versuch aus dem Hauptbahnhof, weil deine rote Jacke zweimal entdeckt wird und die Bullen alle Rot-Weißen zu bereitgestellten Bussen schicken wollen.

„Und so zogen wir in die Bundesliga ein ..." Singend und ausreichend angetrunken, erreichen wir die Red Bull Arena. Im Stadion-Inneren treffen wir endlich auch die Jungs der „Einheit", die alle bei einem Kumpel vom Rührer pennen. Der arme Kerl!

Jedenfalls sind sie ein bisschen genervt und leicht unterhopft, da sie das Stadion viel zu früh betreten hatten, wegen des Boykotts nicht gleich auf ihre Plätze kamen und kein Alkohol für Unioner ausgeschenkt wird.

Dein Freund Flummi wird sogleich von einem Ultra aggressiv angemacht, weil er einen grünen Schal um den Hals trägt, von dem Verein, bei dem ihr gemeinsam in der Freizeitliga spielt. Sofort kommt ein Rotschopf hinzu, der Keule fragt: „Gehört der zu euch?" Mittlerweile kennen die Ultras auch die „Alten" und das Verhältnis ist wesentlich entspannter geworden.

Es trägt dazu bei, dass der Typ auf Flummi in einem ruhigen Ton einredet: „Hör mal. Heute setzen wir hier alles auf Schwarz!"

Schwarze Klamotten und maximal rote Schals sind beim neuen, erklärten Erzfeind der Ultras erlaubt, der leider auch ein Angstgegner ist, denn Union verliert mit 3 : 1. Wenigstens können wir nach dem 0 : 1 durch „Bülti" in der 10. Minute einmal richtig durchdrehen, was diesmal drei Reihen abwärts rollen bedeutet.

Schließlich wird es doch noch ein traditioneller Ausflug. Vor dem Stadion verlieren wir zunächst Kaktus und Flummi im Gedränge vor den Bussen, dann hat der Zug nach Berlin eine Stunde Verspätung, und zu guter

Letzt verpassen wir diesen fast, weil wir uns zu einer Druckbetankung in der Innenstadt haben verleiten lassen.

Noch aktueller ist mir eine andere Begegnung mit dir im Gedächtnis geblieben: Es ist das Heimspiel am 1. März 2020 gegen den VfL Wolfsburg. Du hast zwei deiner Kinder dabei, die aussehen, als hätten sie gerade das „Zeughaus" geplündert. Aber so sehen ja fast alle der jüngsten Union-Mitglieder aus: von oben bis unten in rot-weiß.

Auch meine alten Freunde Diggler, Melli und Krog sowie ein Slowene namens Robert sind mit dabei. Er schreibt mir danach eine Karte aus Ljubljana: „Thank you for seeing Union's match." Am Stammtisch geht es vor allem darum, beim nächsten Spiel gegen die Bayern erstmals das Banner der „Einheit Unnormal" am Zaun zu präsentieren, welches Haue bis dahin anfertigen lassen will. Wir alle können da noch nicht ahnen, dass heute das letzte Heimspiel vor Zuschauern stattgefunden hat.

Nach der Partie, die 2 : 2 (nach 2 : 0-Führung von Union) ausgeht, verabschiede ich mich in der S-Bahn von dir und deinen Kids. Ihr seid somit die letzten Menschen, die ich sah, mit denen ich zuvor ein Fußballspiel vor Publikum erlebt habe.

Ein Virus bricht wie ein Krebsgeschwür über die Welt herein und zerstört unseren Alltag. Doch du, lieber

Trueman, hast uns allen durch deine Krankheit etwas voraus. Du weißt, dass der Spruch „Nutze jeden Tag, als ob es dein letzter wäre" keine hohle Phrase ist. Du hast es uns eigentlich in den letzten Jahren immer vorgelebt.

Falls diese Scheiße irgendwann einmal vorbei sein sollte, heißt das für mich auf den Fußball bezogen: Ich werde nie wieder auf ein Montagsspiel in Frankfurt verzichten, weil ich dafür einen Tag Urlaub nehmen muss, und kein Viertelfinale im DFB-Pokal in Leverkusen verpassen, weil es zwei gewesen wären. Ich werde ins beschauliche Freiburg fahren und nicht jammern, dass der Trip dorthin zu weit und teuer ist.

Auch in allen anderen Bereichen meines Daseins werde ich vieles verändern. Mein zweites Leben hat nun begonnen, weil auch ich endlich begriffen habe, dass ich nur eines besitze. Deshalb habe ich diese 11 Geschichten dem Buchautor Mark Scheppert erzählt, damit er sie für mich aufbewahrt.

Sie sind vor allem ein Eingeständnis in meine Verbundenheit und Freundschaft zur „Einheit Unnormal", wobei ich etliche Namen aus Respekt verändert habe.

Hey Jungs, der ruhmreiche 1. FC Union Berlin ist in seiner Premieren-Saison nicht aus der 1. Bundesliga abgestiegen. Weitere Schlachten werden folgen.
Ihr werdet ewig leben! Eisern Union!

El Rubio im Juni 2020

Mark Scheppert
LENINPLATZ

148 Seiten
BoD GmbH
ISBN 978-3-7528-0479-9

www.markscheppert.de

Benny, Mark und ihre Freunde wohnen rund um den Leninplatz in Ostberlin. Obwohl ihr Alltag Ende der 80iger Jahre in der DDR eigentlich trist und vorbestimmt ist, erleben sie in der Schule und den Stunden danach die aufregendsten Dinge. Sie feiern gemeinsam das Leben, die Mädchen und vor allem sich selbst, auch wenn ihre Freundschaft manchmal auf harte Proben gestellt wird.

>Was war eigentlich los am Leninplatz, bevor der Osten der neue Westen wurde, vor dem Mauerfall und „Goodbye Lenin"? Mark Scheppert erzählt auf unvergleichliche Art vom Aufwachsen im Ostteil Berlins, von Freund- und Feindschaften, erster Liebe und einer kleinen Gang Jugendlicher, die nach der Schule am Sockel des Lenindenkmals herumlungert und Pläne schmiedet – mal fürs Leben, mal nur für den sozialistischen Nachmittag. Seine Geschichten sind ebenso komisch wie anrührend, authentisch erzählt und ein unverzichtbarer Teil Alltagsgeschichte aus der untergegangenen DDR.<   Hannes Klug, Journalist und Autor

>Scheppert entkleidet alles und jeden: Ina aus der A-Klasse, die Frau des Musiklehrers, die DDR und nicht zuletzt: seine Seele. Fetzt voll ein, dit Buch.<   Sebastian T. Vogel, Lesebühnenautor

>Ein FDJ-Aufmarsch zum 35. Jahrestag der Republik - nie wäre Mark Scheppert auf die Idee gekommen, daran freiwillig teilzunehmen. Aber dann winkte ein Treffen mit dem schönsten Mädchen der Schule. Also doch<   Spiegel Online

Mark Scheppert
90 Minuten Südamerika

160 Seiten
BoD GmbH
ISBN 978-3-8423-5336-7

www.markscheppert.de

Mark Scheppert nimmt uns mit auf eine einzigartige Reise durch Lateinamerika und lässt uns an einer ganz besonderen Suche teilhaben. Auf seinen abenteuerlichen Trips durch Argentinien, Brasilien, Bolivien, Chile, Guatemala, Kolumbien, Mexiko, Paraguay, Peru und Venezuela verändert sich in zwanzig Jahren nicht nur die Welt um ihn herum, sondern auch sein Heimatland. Parallel dazu entwickelt sich eine Beziehung zum Fußball, die 1990 ablehnend beginnt, in jugendliche Schwärmerei umschlägt und in euphorischer Begeisterung mündet.

Die facettenreichen, mal lustigen, mal berührenden Anekdoten lassen Erinnerungen an große Lieben, Freundschaften, Enttäuschungen und Sehnsüchte lebendig werden. Mit einer Sprache, die nicht nach Reiseführer und Merian-Heft schmeckt, versucht Scheppert, den Leser mit dem Südamerika-Virus zu infizieren und ihn auf die Fußball-WM 2014 in Brasilien einzustimmen.

>„90 Minuten Südamerika" ist eine Art nonfiktiver Coming-of-Age-Roman, in dem der Fußball sukzessive stärker in den Fokus rückt. Schepperts Berichte sind keine abgehangenen Weisheiten, sondern großartig geschriebene Momentaufnahmen einer riesigen Weltkarte.<

11 Freunde - Magazin für Fußballkultur

>Blond, deutsch und Fußball-Fan: So zieht man in Paraguay schnell die Blicke auf sich. Besonders dann, wenn man beim 1:0 für die Heimat vor Glück einen ganzen Häuserblock zusammenbrüllt – und dem Gastgeber später bei einer WM im Armdrücken doch noch zum Sieg verhilft.<

Spiegel Online

Mikis Wesensbitter
**Wir hatten ja nüscht im Osten...
nich' ma Spaß!
Die ganze Wahrheit über '89**

166 Seiten
ISBN: 978-3-943412-34-5

www. wesensbittter.de

1989 beginnt für Mikis wie jedes neue Jahr: mit einem Mordskater. Natürlich kann er nicht ahnen, dass sich dieses Jahr um ihn herum alles ändern wird, denn er interessiert sich nicht für Politik, sondern eher für Bier, Underground-Musik, den FCU und natürlich für Weiber. Er dealt auch mal gern mit Pornobildern, schreibt fleißig Eingabebriefe, verliebt sich und ärgert die Stasi.

Mit Berliner Schnauze und Humor schreibt Mikis Wesensbitter, wie es im Jahr des Mauerfalls wirklich war, wo die besten Punkrockkonzerte stattfanden und was Freiheit und Freundschaft bedeutet.

>Das Buch vermittelt nicht diesen ganzen Mist: In der DDR hielten die Leute besser zusammen, haben viel öfter und besser gevögelt und auch sonst hat alles urst gefetzt, denn Mikis beschreibt auch diese traurigen, grauen Sonntagnachmittage, den Stumpfsinn im Alltag und in der Produktion. Und fiese ‚Stasiratten', die es auszutricksen galt. Aber eben auch Zärtlichkeiten, Gerüche, Gegenden, Freundschaften, Verlustängste und Euphorie.

Er skizziert damit ein Land jenseits von Stasiknästen, Jugendwerkhöfen und sinnlosen Fahnenappellen, die es in manchen Köpfen ausschließlich zu geben scheint. Die Wende in Ostberlin 1989 steht eben auch für Punk, Saufen, Vögeln und für Eisern Union!<

Mark Scheppert, Buchautor